Sie möchten keine Neuerscheinung verpassen?
Dann tragen Sie sich jetzt für unseren Newsletter ein!

www.ylva-verlag.de

KNUTSCHPOGO

Verliebt bis in die Haarspitzen

ylva
VERLAG

Katrin Frank

Kapitel 1

In unserer ganzen Wohnung riecht es nach penetrantem Rasierwasser. So eine Mischung aus vergammeltem nassen Holz und der würzigen Kopfnote von Sockenschweiß. Mutters neuer Freund Rolf ist zu Besuch. Der aufdringliche Duft passt zu seiner Art zu reden. Rolf ist nämlich Polizist, aber nicht mal Bereitschaftspolizist, sondern so ein langweiliger Schreibtischbulle. Wie fast alle Polizisten trägt er einen hässlichen Schnauzbart im Gesicht und eine kleine Plauze vor sich her.

An diesem Sonntagmorgen hockt der Bulle gut gelaunt an unserem Küchentisch und mampft mit kräftigen Kaubewegungen Mutters wie immer zu weich gekochte Eier weg. »Köstlich, Gabi, was du da gezaubert hast!«, ruft Rolf begeistert.

In seiner Rotzbremse hat sich ein Rest Eigelb verfangen, den er flink mit der Zunge wegleckt. Mir wird fast schlecht bei dem Anblick.

Es sind bloß Eier!, denke ich giftig und beiße griesgrämig in meine Semmel. Die Sonntagmorgen gehören meiner Mutter und mir. Schlafen bis in die Puppen und dann ewig frühstücken, dass man bis nachmittags nichts essen mag, weil man noch so voll ist.

Sonntagvormittag klingeln auch meistens die Zeugen Jehovas bei uns: ein dürrer Mann mit Hut und verkniffenem Gesicht begleitet von einer langzöpfigen Frau mit Pferdegebiss und wadenlangem Rock. Wir lassen uns immer bereitwillig den *Wachturm* und andere ihrer Flugschriften in die Hand drücken, um uns beim Frühstück gegenseitig daraus vorzulesen, bis wir uns vor Lachen die Bäuche halten. Jehovas Zeugen sind noch ein Überbleibsel der Wendezeit. Obwohl die Mauer schon fünf Jahre offen ist, gehen sie immer noch fleißig bei uns Ostlern auf Seelenfang. An meiner Schule verteilen sie sogar manchmal Miniausgaben des Neuen Testaments. Auch die stecke ich regelmäßig ein. Hauptsache umsonst!

»Na, Alexa, weißt du denn schon, was du später mal werden willst?«, versucht Rolf, ein Gespräch mit mir anzufangen.

Der hat ein Gespür für die passenden Themen am Sonntagmorgen.

»Denk schon«, brumme ich.

Mit freundlichem Nicken ermuntert mich Rolf, weiterzusprechen. Mutter tritt mich unter dem Tisch. Sie hat meinen Gesichtsausdruck richtig gedeutet.

»Bezahlte Urlauberin!«, platze ich trotzdem mit meinem aktuellen Berufswunsch heraus. Das ist die reine Wahrheit.

Rolfs Gesicht fällt etwas in sich zusammen, aber er nimmt sofort wieder Fahrt auf. »Komm doch zu uns!«, schlägt er gutmütig vor. »Tariflohn, eine schicke Uniform, nette Kollegen, und du hast das Gefühl, etwas für dein Land zu tun. Das ist unbezahlbar.«

Ich weiß nicht, ob ich lachen oder weinen soll, und entscheide mich, darauf besser nicht zu antworten.

Rolf deutet mein Mienenspiel als Unentschlossenheit. »Du hast ja auch noch ein bisschen Zeit, es dir zu überlegen. Als ich so jung war wie du, hatte ich auch noch Flausen im Kopf.« Mit diesen Worten beugt er sich rüber und wuschelt mir durchs Haar.

Etwas in meinem Gesicht lässt ihn sofort zurückzucken. An meine Haare lasse ich eigentlich nur meine Mutter, die sie mir auskämmt, seit ich ein Kind bin. Rolf hat die Grenze aller Grenzen überschritten, mein Haar entweiht. Diese verkackte Bullenart! Erst auf Kumpel machen, und dann die Infos, die sie aus einem rauskriegen, gnadenlos gegen einen verwenden.

»Lexi hat gerade andere Sorgen«, erklärt Mutter in einem kläglichen Versuch, die Situation zu retten. »Das Wichtigste ist das Aussehen, nicht wahr?«

Ich ziehe eine Grimasse. Was gehen den Bullen meine Sorgen an?

»Kann ich verstehen«, versucht der Rolf, sich sofort wieder anzubiedern. »Du bist ja bald auch schon eine richtige Frau!«

Am liebsten würde ich die gerade verspeiste Semmel unter zuckenden Zombiebewegungen wieder hochwürgen und mitten auf den Küchentisch kotzen. Was er mit »richtig« meint, ist mir schleierhaft. Wenn ich in den Spiegel gucke, sehe ich ein schmächtiges, vierzehnjähriges Etwas undefinierbaren Geschlechts, das sich mal wieder die Haare schneiden lassen müsste. Bisher konnte ich noch nichts Frauliches an mir feststellen, außer, dass ich meine Tage bekommen hab, und auf die hätte ich auch gut verzichten können.

Meine beste Freundin Janine hat schon einen echten Busen und Schamhaare. Dafür hat sie aber auch monatelang jeden Abend vorm Schlafengehen gebetet. Eine komplizierte Abfolge aus drei Vaterunser, gefolgt von Verbeugungen in alle vier Himmelsrichtungen und Bekreuzigungen mit dem Spruch: »Ich bin klein, mein Herz ist rein, soll niemand drin wohnen als Jesus allein.« Und als ihr dann plötzlich Brüste wuchsen und Schamhaare gleich noch dazu, da hat sie gar nicht mehr aufgehört zu beten.

»Gut«, reißt Mutter mich aus meinen Gedanken und klatscht eifrig in die Hände. »Noch kurz verdauen, und dann geh'n wir einkaufen, ja? Ist doch nicht jede Woche verkaufsoffener Sonntag! Du brauchst mal einen neuen Pulli, den ganzen Winter kannst du nicht in dem Fetzen rumlaufen.«

Ich blicke an mir herunter. Der Fetzen, das ist das Holzfällerhemd meines Vaters, eines der letzten Dinge, die mir von ihm geblieben sind. Der Kragen ist zwar schon abgewetzt und an einem Ärmel fehlt ein Knopf, aber trotzdem liebe ich es heiß und innig. Ich werfe Mutter einen tödlichen Blick zu und vertage die Klamotten-Diskussion auf später. Vor Rolf will ich nicht damit anfangen.

Die große Frühstücksshow ist zu Ende. Mutter hat den Zonk gezogen und sich mit dem Bullen ins Wohnzimmer verdrückt, von wo ich die beiden sogar durch meine Zimmertür dämlich kichern höre. Ich frage mich gerade, wie sich so ein Schnauzbart wohl beim Knutschen anfühlt, da klingelt zum Glück das Telefon. Ich brauche nur neben mein Bett greifen. Den Apparat hab ich bei mir gebunkert.

»Hi! Krz krz chps …«

»Hi, Janine!« Träge lasse ich mich ins Kissen zurücksinken. Seit sie zu den Christen übergelaufen ist, ruft Janine noch öfter an als sonst.

»Krz krz chps … Woher weißt du, dass ich es bin?«

»Weil niemand sonst auf die Idee kommt, was zu mampfen, wenn er telefonieren will.« Fast immer isst Janine was während unserer Telefonate. Krachendes Geknusper sind meistens Chips oder Nüsse, genüssliches Schmatzen und Saugen ein Schokoriegel oder saure Schnüre. Ich kann die Lebensmittel schon anhand der Geräusche unterscheiden. Vielleicht sollte ich damit zu *Wetten, dass..?* gehen.

»Was machst'n?«, fragt Janine wie immer eine Spur zu laut in den Hörer.

»Mutter schleppt mich gleich zum Klamottenkaufen«, stöhne ich.

»Und danach?«

»Nichts.«

»Aber heut ist heiliger Sonntag, wir müssen was Schönes machen! Komm doch später mit zum Teen…«

»Ich komme *nicht* mit zu deinem Teenie-Kreis!«, würge ich Janines Begeisterungsanfall direkt ab. Seit Wochen versucht sie, mich zu überreden, zu ihrem Treff junger Christen mitzukommen.

»Ach!« Jetzt klingt Janine beleidigt und schweigt eingeschnappt in den Hörer.

»Tut mir leid«, lenke ich ein und flüstere: »Der Bulle ist wieder zu Besuch, das hat mir die Laune vermiest.«

»Du Arme! Umso wichtiger, dass du ausgehst, um auf andere Gedanken zu kommen. Willst du es dir nicht doch noch mal überlegen mit Teenie-Kreis und so? Da sind nur nette Leute! Was hast du schon zu verlieren?«

Recht hat sie, ich hab nichts zu verlieren. Dieser Sonntag ist eh im Arsch. Immerhin kommt Rolf nicht mit uns einkaufen, weil er das für Frauensache hält. Außerdem schadet es nie, mal ein paar neue Leute kennenzulernen.

»Na gut, ich komm mit zu deinen Christen«, gebe ich meinen Widerstand auf. »Aber beim ersten Bekehrungsversuch mach ich die Fliege, klar?«

»Cool«, gluckst Janine, »bis später! Ich hol dich um sechs ab.«

Rolf ist wieder in seine Bullen-Singlebude zurückgekehrt, und sofort wirkt unsere Wohnung erleichtert. Nur ein Hauch seines aufdringlichen Rasierwassers hängt noch in der Luft. Ich schlurfe barfuß in Unterhose und T-Shirt in die Küche und hole mir ein Glas Saft.

»Zieh dich an, Kind, gleich geht's los zum Einkaufen!«, trällert Mutter. Sie weiß, wie sehr ich Shoppen verabscheue. Nicht etwa, weil ich Konsum ablehne oder so etwas Idealistisches, sondern aus anderen Gründen.

Ein rauer Wind pustet vertrocknetes Laub durch die Fußgängerzone und treibt die Passanten mit hochgezogenem Kragen dazu, schneller zu gehen. Ich schlendere betont langsam mit lässig baumelnden Armen daher, ohne die Auslagen der verkaufsoffenen Läden rechts und links auch nur eines Blickes zu würdigen.

Mutter steuert zielstrebig auf das nächste Geschäft zu. Das hektische Klacken ihrer Absatzschuhe gibt den Takt vor. Sie trägt einen Ticken zu viel Parfüm, fällt mir auf. Der Bulle, die Spürnase, will wohl was zu schnüffeln haben. Bei dem Gedanken entfährt mir ein abgehacktes Lachen. Erschrocken schaue ich mich um, ob es jemand gehört hat. Bei Papa hätte es solchen Geruchsfirlefanz nicht gegeben. Schon Deo fand der zu viel. Ich weiß noch, wie er immer roch, wenn er aus seinem Betrieb kam, wo er Geräte lötete, so eine Mischung aus Schweiß und Metall.

Gedankenverloren bleibe ich immer weiter hinter Mutter zurück. Plötzlich stoße ich fast mit ihr zusammen, weil sie stehen geblieben ist, beide Fäuste in die Hüfte gestemmt.

»Wird's bald, Fräulein? Du schleichst ja rum wie das Leiden Christi!« Mutter klingt amüsiert, als würde ihr das Ganze hier Spaß machen.

»Ich *bin* das Leiden Christi«, gebe ich zurück und bewege mich keinen Millimeter vorwärts.

Der geschäftige Strom aus Einkaufswilligen an diesem verkaufsoffenen Sonntag will und will nicht abreißen. So viele Hirntote mit überquellenden Plastiktüten hab ich selten in der Fußgängerzone gesehen. Wenn das die Errungenschaften des Westens sind, dass wir nun dauernd einkaufen gehen können, hätte die DDR von mir aus ruhig noch vierzig Jahre weiterexistieren können.

Das Prinzip Kapitalismus hab ich schnell verstanden: Am ersten Tag nach der Grenzöffnung, als die schicken Westschlitten durch unsere bescheidene Kleinstadt fuhren, stellten Janine und ich uns an den Straßenrand und winkten, um die Westler willkommen zu heißen. Zu unserer großen Überraschung hielten die blitzenden BMWs und Mercedesse an. Milka-Schokolade und Haribo-Bären wurden herausgereicht, nach denen wir Neunjährigen gierig grapschten. Am anderen Tag standen wir schon frühmorgens an der Straße, diesmal ausstaffiert mit großen Plastiktüten, und winkten, was das Zeug hielt. Abends wurde verglichen, wer mehr abgesahnt hatte. Es war Janine gewesen, die mit ihren langen blonden Haaren und dem zuckersüßen Lächeln schon damals einen Schlag bei Leuten hatte. Leider hielt diese Fütterung armer DDR-Kinder nicht lange an.

»Wie kannst du das eigentlich mit deinem Gewissen vereinbaren, dass wir hier Klamotten einkaufen, während in Mosambik Kinder verhungern?«, frage ich mit gespielter Betroffenheit, nachdem wir den vierten Laden erfolglos abgegrast haben.

Mutter sieht mich prüfend an. »Na gut, noch ein Geschäft! Dafür koch ich uns nachher was Schönes!«

»Oh nee, bitte nicht wieder deinen selbstgekochten Kakao mit Semmeln aus der Kaufhalle!« Ich ziehe einen Flunsch.

»Was hast du denn? Der passt doch gut zum Herbstwetter, außerdem macht er satt.«

Kochen heißt für Mutter: Hauptsache man wird satt. Ihre Spezialität ist krachsüßer selbstgemachter Kakao, in den frische Semmeln eingetunkt werden. Nach einer Tasse ist man voll.

»Und ich muss dir eine Woche nicht beim Abwasch helfen!«

»Übertreib's nicht!«

Ich beschleunige meine Schritte, um diesen Einkaufsbummel endlich zu Ende zu bringen.

Mutter visiert ein Modegeschäft an, das aus einem einzigen Raum besteht. Durch die riesige Glasscheibe ist eine Verkäuferin hinter der Ladentheke zu erkennen, die ein missmutiges Gesicht macht.

»Nicht da rein!« Ich hasse solche Geschäfte, wo man bei jeder Bewegung die Adleraugen des Verkaufspersonals glühend im Rücken fühlt.

Ohne auf meine Worte zu achten, stößt Mutter die Tür auf. Bing-bing, klong-klong macht die Türklingel, die völlig nutzlos ist, weil man eh sofort mitbekommt, wenn jemand den Laden betritt. Ein Farbenmeer aus kreischbunten Neonleggins, Leopardenröcken und blinkenden Schmetterlings-Pailletten beißt mir in die Augen. Ich fresse einen Besen, wenn ich hier was finde! Schon als Kind hab ich geschrien und gekratzt, wenn Mutter mich in einen Rock stecken wollte. Wenn es ihr schließlich doch gelang, sah ich immer wie verkleidet aus.

Beim Ertönen der Türglocke schnellt der Kopf der Verkäuferin wie vom Pferd getreten hoch. Bis eben blätterte sie noch gelangweilt in einem Modemagazin. Keine drei Sekunden braucht sie, um ihren massigen Körper hinter dem Tresen hervorzubewegen. Ihr Parfüm der Marke *Kopfschmerzen für alle* wabert durch die Luft. Ich muss mich wirklich beherrschen, mir nicht die Nase zuzuhalten.

»Kann ich Ihnen helfen?«, begrüßt sie Mutter mit kaltem geschäftsmäßigem Lächeln über den Goldrand ihrer Brille hinweg.

»Danke, wir schau'n uns erst mal um.«

Die Verkäuferin steht weiterhin mit erwartungsfroher Miene da, als hätte sie nicht verstanden. »Und was darf's für Sie sein?«, wendet sie sich überfreundlich an mich, in dem Versuch, Mutter und mich zu entzweien. »Kann ich Ihnen vielleicht helfen, junger Mann?«

Bei der Ansprache krampfen sich meine Eingeweide zusammen, und ich merke an der sich in meinem Gesicht ausbreitenden Hitze, dass ich puterrot angelaufen sein muss.

»Meine *Tochter*«, betont Mutter künstlich und macht eine bedeutungsvolle Pause danach, »sucht einen Pullover!«

»Oh!«, entfährt es der Angestellten, die sich sofort wortreich für ihren Irrtum zu entschuldigen beginnt.

Ich knibbele vor Verlegenheit an einem Paillettenpulli herum, den ich auch unter Folterandrohung niemals tragen würde.

Mit einem prüfenden Blick auf meinen spärlich knospenden Busen schiebt die Verkäuferin hinterher: »Ich meinte natürlich junge Frau. Das sieht man ja!«

Mir ist zu schlecht, um Mutter mit Blicken zu töten, wie sie es eigentlich verdient hätte. Ich stelle mir vor, wie der spiegelblanke Boden dieser Boutique sich plötzlich rauchend und dampfend einen Spalt auftut und Mutter und diese ahnungslose Verkäuferin im Fegefeuer aus Paillettenjeans und Neonleggins schmoren. Zu gut erinnere ich mich noch an den Vorfall mit dem Osterhasen. Da war ich elf.

Ich war mit Mutter ein paar Tage vor Ostern in ein Möbelhaus im Westen gefahren, um etwas für mein Zimmer zu kaufen. Inmitten von Wohnzimmerschrankwänden aus Sperrholz und Eckcouchkombinationen campierte auf einem Oval aus grünem

Kunstrasen ein Mann in einem billigen dünnpfiffbraunen Osterhasenkostüm. Seine Schlappohren hingen fast bis auf seine Schultern. Vor sich hatte er einen braunen Jutesack, prall gefüllt mit Schokoosterhasen. In weiser Voraussicht wollte ich schnell an der Erscheinung vorbeihuschen. Doch zu spät. Als er mich registrierte, rief er weithin für alle anderen Kunden hörbar:

»Na, hat denn der Kleine auch schon einen Hasen?«

Mit seiner Pranke packte er mich an der Schulter und nötigte mir einen in Plastikfolie verpackten Schokohasen auf. Eine Mitarbeiterin des Möbelhauses schoss ein Polaroid zur Erinnerung, das nach sofortiger Entwicklung Mutter in die Hand gedrückt wurde. Darauf hab ich den Mund zu einem bitteren Lächeln verzogen und mache einen Ausfallschritt nach vorne, während der Osterhase unter seinem braunen Schnurri hervorgrinst und zwei Reihen nikotingelber Zähne entblößt. Der Schnappschuss wanderte in Mutters Sammlung und wurde an jedem Familiengeburtstag hervorgeholt, um dann allen unter schrillen Lachsalven die Geschichte zu erzählen.

Jetzt zupfe ich Mutter am Ärmel ihrer parfümierten Jacke. »Ich warte draußen auf dich.«

Mutter mustert mich mit stillem Vorwurf im Blick, dass mein Aufzug es nicht hergibt, diesen Laden zu verlassen, ohne nicht wenigstens halbherzig nach tragbaren Alternativen gesucht zu haben. »Ich brauch hier noch ein bisschen«, gibt sie schnippisch zurück und wendet sich betont geschäftig einer überquellenden Kleiderstange zu.

Heimlich will ich mich rausschleichen, aber die aufdringliche Türklingel macht mir einen Strich durch die Rechnung.

»Auf Wiedersehen, junge *Frau*!«, flötet die Verkäuferin mir nach.

Ich sage nichts und lasse mich seufzend vor dem Laden auf eine kleine Bank sinken, die so aussieht, als sei sie extra für Einkaufsmüde wie mich aufgestellt worden. Jetzt kann es sich nur noch um Stunden handeln.

Kapitel 2

Die Oktobersonne ist rausgekommen und taucht den Marktplatz in fahles Licht. Seine glatte graue Fläche wirkt noch größer, seit die alte Kaufhalle in seinem Zentrum dicht gemacht hat. In dem unansehnlichen Flachdachbau eröffnete direkt nach der Wende ein Reisebüro, das vor allem Reisen nach Mallorca und Italien anbot. Ich kenne allein drei Elternpaare von Schulkameraden, die schon auf Mallorca waren und dafür lieber auf ein West-Auto verzichtet haben. Aber das Reisebüro hat auch schon wieder zu, weil keiner mehr Geld zum Verreisen hat. Jetzt ist da eine Versicherung. Versicherungen gehen gut, sagt Mutter manchmal. Erst hatten die Leute nichts und die, die jetzt was haben, befürchten nun, es zu verlieren.

Vom stillgelegten Brunnen in der Mitte des Marktes dröhnt lautes Gerumpel herüber. Dort hocken wieder die Punks, wie fast jeden Sonntag um diese Zeit. Eigentlich wie fast jeden Wochentag. Ich sehe fast immer welche von denen, wenn ich durch die Innenstadt laufe. Okay, eigentlich halte ich immer nur Ausschau nach dem einzigen Mädel, das bei den Punks rumhängt. Die hat grüne Stachelhaare und geht in meine Parallelklasse. Aber ich glaube, dass sie sitzengeblieben ist, weil sie älter aussieht als vierzehn. Vielleicht macht das aber auch ihr Lebenswandel. Fast immer sehe ich sie nämlich mit Bier oder Kippe am Hals. Ihre heisere Lache schallt quer über den Platz, bis rüber zu der Bank, auf der ich sitze. Neben ihr hockt ein Kleiner mit zerfleddertem rotem Iro und Schnurrbart und ein großer Schlaksiger, der sich in Wildwestmanier ein schwarz-rotes Dreieckstuch um den Hals gebunden hat.

Ich werfe einen schnellen Blick in den Modeladen, wo Mutter mit einem Berg Klamotten auf dem Arm zwischen Kleiderständern rumhantiert und dabei mit der Verkäuferin diskutiert. Verräterin! Am liebsten wäre ich jetzt allein in der Stadt unterwegs. Dann würde ich zwar auch nicht groß was anderes machen als rumzuhocken und Leute zu beobachten, aber es ist schon ein gigantischer Unterschied, ob man rumhockt, weil man auf seine Mutter wartet oder einfach nur so abhängt.

Die Punks warten definitiv nicht auf ihre Mütter. Sie strahlen Unabhängigkeit aus, wie sie da am Brunnen sitzen, misstrauisch beäugt von den Einkaufszombies. Weil dieser Oktober schon recht kühl ist, tragen sie schwarze Lederjacken mit klimperndem Zeugs dran. Aber offen, damit man die T-Shirts mit Aufschriften darunter sehen kann. Auch das Mädchen mit den Stachelhaaren trägt eine Lederjacke, von der einem förmlich das rote A im Kreis darauf ins Auge springt. Ich hab das schon ein paarmal bei Punks gesehen, aber keinen Schimmer, was es bedeuten soll. Ich vermute, asozial, weil Punks gegen die soziale Gesellschaft sind.

Die weinroten Springerstiefel der Punkerin baumeln lässig vom Brunnenrand. Jetzt zündet sie sich eine Kippe an. Es sieht geübt aus. Als hätte sie nie etwas anderes getan. Erst als die Punkerin zu mir rüberschaut, wird mir bewusst, dass ich sie direkt angestarrt hab. Erschrocken senke ich den Blick sofort auf meine Turnschuhe. Rechts wird mein großer Zeh bald durch das spröde Leder brechen.

Keine Sekunde später hebe ich wie zufällig wieder den Kopf. Das Mädchen guckt noch immer. Guckt, grinst, trinkt einen Schluck Dosenbier. Mich durchfährt es heiß. Wieso grinst die denn so? Sofort scanne ich meine Klamotten ab, ob irgendwas Auffälliges daran ist: Westjeans, das Holzfällerhemd meines Vaters, offen, über ausgebleichtem Bon-Jovi-T-Shirt, darüber meine Westjeansjacke, die ich mal von einem Westcousin geerbt hab. Alles wie immer.

Wenn ich länger angestarrt werde, dann meistens nur, um rauszufinden, ob ich ein Junge oder ein Mädchen bin. Das ist mir schon oft passiert, dass wildfremde Leute auf der Straße ankommen und fragen: »Entschuldigung, bist du jetzt ein Junge oder ein Mädchen?« Manche sind richtig böse geworden, wenn ich mich weigerte, aufzuklären, was ich denn nun sei. Was die wohl davon haben? Vielleicht so eine Art Wettstreit – »Glückwunsch, das hast du gut erkannt!«.

Plötzlich höre ich eine ätzende Männerstimme sagen: »Guck mal, hat der sich Make-up ins Gesicht geschmiert?«

Ich drehe den Kopf und sehe mich zwei bis zum Hals tätowierten Naziglatzen gegenüber, die mich mit geringschätzigem Interesse beäugen, als wäre ich ein besonders hässlicher Käfer.

»Was haben wir denn da? Nen kleinen Schwuli!«, feixt der Bulligere von beiden, der einen Boxer an der Leine hält.

Mir ist schlecht. Das Make-up hab ich eigentlich nur aufgelegt, um die gröbsten Pickel zu verdecken. Es ist ein altes von Mutter, das nicht ganz meinen etwas helleren Hautton trifft und deshalb landkartenmäßige Flecken in meinem Gesicht hinterlässt. Ich versuche, meine Stimme wiederzufinden, die sich vor Schreck tief in meinen Hals verkrochen hat. Aber was bringt es, denen zu sagen, dass ich ein Mädchen bin? Die suchen jemand zum Rumpöbeln, und ich wirke anscheinend wie das perfekte Opfer.

»Nee, wat süß, der macht sich ja ein vor Schiss!«, sagt der drahtige Kumpel von dem mit dem Boxer und lässt seine Fingerknöchel knacken.

Ich hebe die Augenbrauen.

»Ui, ich glaub, der steht auf dich!«, grient der bullige Nazi und starrt mir dabei die ganze Zeit in die Augen. »Hab ich recht oder hab ich recht?«

Das wird mir langsam echt zu blöd hier! Ich rutsche unruhig auf der Bank hin und her und traue mich kaum zu atmen. Was macht Mutter auch so lange in dem verdammten Laden? Ein Kaffeekränzchen mit der Verkäuferin halten?

Ich versuche, die Glatzen so gut es geht zu ignorieren. Vielleicht verlieren sie ja dann die Lust, wie bei einem nach Aufmerksamkeit heischenden Kind, dem man keine Beachtung schenkt. Gleichzeitig halte ich unauffällig nach einem Fluchtweg Ausschau. Es ist immer gut, einen Plan B zu haben. Da sehe ich aus dem Augenwinkel, dass die Punks vom Markt sich in Bewegung gesetzt haben und in unsere Richtung laufen.

»Na, lange nicht geseh'n!« Das Mädchen mit den Stachelhaaren zwinkert mir zu und schiebt sich kurzerhand neben mich auf die Bank. Die beiden anderen Punks lehnen sich links und rechts von mir gegen die Hauswand und verschränken die Arme. Aus ihrem Ghettoblaster rumpelt laute Punkmusik.

»Guck an, die rote Zora und ihre Zeckenbande!«, plärrt der bullige Nazi. »Nicht mal am Sonntag hat man seine Ruhe!«

»Tja, unverhofft kommt oft!«, gibt die Punkerin grinsend zur Antwort und legt mir ihren Arm um die Schulter. Ihre Stachelhaare verströmen den männlich-markanten Geruch von Rasiercreme. Bei ihr mag ich es.

»Dann ist das doch kein Schwuli, sondern ne Zecke«, stellt der andere Nazi fest.

Ich strahle, als hätte man mir soeben eine Auszeichnung verliehen.

»Der Markt ist jetzt national befreite Zone! Ihr Zecken habt da nix mehr verloren«, erklärt der Bullige großspurig.

Der Kleine mit dem zerfledderten Iro und dem Schnauzbart gähnt übertrieben. »Erzähl mal was Neues, Ronny! Ich glaub, dein Kopf ist hirnbefreite Zone.«

Die Punks grölen, und auch ich muss kichern, halte mir aber sofort die Hand vor den Mund. Der mit Ronny Angesprochene macht eine finstere Miene. Anscheinend hat er begriffen, dass er und sein Kumpel in der Unterzahl sind.

Behäbig schüttelt er den Kopf, dass seine teigigen Wangen hin und her schloddern. »Strauch, Strauch, Strauch! Jetzt wo de bei den Zecken bist, machste einen auf dicke Hose. Aber wart nur, bis ich dir mal nachts allein in ner dunklen Gasse begegne …«

»Kann's kaum erwarten«, kommt es von dem zurück, der offensichtlich Strauch heißt.

Ronny glotzt ihm mitten in die Augen. Seine tätowierte Faust mit der Hundeleine bebt. Alle halten den Atem an. Ich starre auf die Hand, die so groß ist wie ein Kinderkopf, und bin mir plötzlich nicht mehr so sicher, ob die zwei Punks und das Mädchen etwas gegen diesen Koloss ausrichten könnten.

Die bebende Hand zerrt an der Leine. »Abflug, Rommel!«, bellt Ronny.

Der Boxer setzt sich tippelnd und keuchend hinter den Springerstiefeln seines Herrchens in Bewegung.

»Wir seh'n uns!«, unkt sein Kumpel mit zusammengekniffenen Augen und trottet lässig hinterher.

Alles ging so schnell, dass ich noch von Schockstarre befallen bin, als Mutter tütenbepackt aus dem Geschäft gestiefelt kommt und mich umringt sieht von den Punks.

»Was ist denn hier los?«, ruft sie überrascht, und es ist ihr deutlich anzumerken, dass sie alles andere als erfreut ist über meine neuen Freunde.

»Tachchen!«, wird sie grinsend von der Punkerin begrüßt.

Mutter würdigt sie keines Blickes. »Komm, Alexa, wir sind hier fertig!«, bestimmt sie und hakt mich fest unter.

Ich hab kaum Zeit, ein »Danke!« zu murmeln, da hat Mutter mich schon mit weggeschleift. Im Gehen drehe ich meinen rot angelaufenen Kopf und sehe, dass das Mädchen mit den Stachelhaaren mir fröhlich nachwinkt. Scheiße, die hält mich jetzt bestimmt für die letzte Spießerin!

»Was wollten die denn von dir?«, will Mutter sofort wissen, als wir außer Hörweite sind. »Haben die dich angeschnorrt?«

»Nee, die wollten gar nichts. Die haben mir geholfen, da waren zwei N…«

»Geholfen, klar! Denen würd ich gern mal helfen«, zetert sie los. »Ich seh die immer nur rumlungern am Markt mit ner Pulle am Schlund. Und jetzt belästigen sie auch noch arglose Jugendliche!«

Ich rolle mit den Augen. »Jetzt hör mir doch mal zu: Eben haben zwei Nazis mich doof angemacht, und die Punks haben mir geholfen.«

»Was hast du denn plötzlich mit Nazis zu tun?«

»Die dachten, ich wär'n Junge«, gebe ich kleinlaut zu.

»Kein Wunder, du hörst ja auch nicht auf mich!«, nörgelt Mutter bestätigt. »Wenn du dich nur ein bisschen fraulicher anziehen würdest, dann würde dir das nicht dauernd passieren. Es sei denn natürlich, du willst für einen Jungen gehalten werden.« Sie beäugt mich misstrauisch von der Seite.

»Ach, jetzt isses meine Schuld, oder wie? Verstehst du nicht, das waren einfach Arschlöcher, Junge hin oder her! Wären die Punks nicht gekommen, wer weiß, was die mit mir gemacht hätten!«

»Die Punks, die Punks … Das geht doch schon seit Wochen so, dass die Halbstarken sich gegenseitig die Köpfe einhauen«, unterbricht Mutter mich ungehalten. »Seit klar ist, dass die Rechten ihr Tätowierstudio beim Markt eröffnen wollen. Das hat der Rolf mir neulich erzählt. Das passt den Bunthaarigen nicht. Lass dich da bloß nicht reinzieh'n! Ich bin ja auch nicht gerade begeistert von den Rechten, aber im Gegensatz zu den Punkern arbeiten die wenigstens was.«

»Genau«, poltere ich los und sage mit rollendem R: »Hitler war ja auch nicht nur schlecht. Der hat ja immerhin die Autobahn gebaut, das darf man nicht vergessen. Sieg Heil!«

Mutter zieht mich am Ärmel und zischt: »Spinnst du, so in der Stadt zu reden?«

»Du hast angefangen!«, schieße ich zurück.

»Und du musst natürlich gleich wieder übertreiben, genau wie dein Vater immer!«

»Lass bloß Papa aus dem Spiel!«

Kapitel 3

Mit einer Tasse selbstgekochtem Kakao und einer aufquellenden Semmel im Bauch liege ich auf meinem Sofabett und warte darauf, dass Janine mich zum Teenie-Kreis abholt. Obwohl ich gerade wenig Bock auf gutmütig lächelnde Gottesanbeter hab. Aber schlimmer als die Nazis von vorhin können die auch nicht sein. Immerhin hat der Vorfall auch was Gutes: Die Punkerin hat mich wahrgenommen! Und nicht nur das, die Punks haben mich in ihre Mitte genommen, als wär ich eine von ihnen. Dieses Gefühl, als der Nazi »Zecke« zu mir sagte, war unbeschreiblich. Als würde ich plötzlich wo hingehören. Auch wenn ich keinen blassen Schimmer hab, was das bedeuten soll. Punks sind Zecken, so viel hab ich schon mitbekommen.

Zu gerne würde ich die Punkerin kennenlernen. Hätte Mutter nicht dazwischengefunkt, dann wären die vielleicht noch bei mir sitzengeblieben, und ich hätte mich mit denen unterhalten. Ich fantasiere schon, wie ich nach der Schule mit der Punkerin und ihren Kumpels auf dem Marktplatz abhänge. Aus dem Ghettoblaster läuft laut Punkmusik, Bierdosen kreisen, und die Spießer und Nazis hassen uns für unsere bloße Existenz. Janines Klingeln reißt mich aus meinen Träumereien.

Keine halbe Stunde später finde ich mich im örtlichen Jugendkeller inmitten eines Sitzkreises wieder, ohne Musik und ohne Bier. Ich halte die Hand von Janine zu meiner Rechten und einem Jungen namens Leo zu meiner Linken. Leo hängen die Haare ins Gesicht, und seine Hand ist ein bisschen feucht, aber er lächelt mir freundlich zu wie die anderen Christen auch. Genau wie Janine trägt er so ein gelbes Bändchen ums Handgelenk. Das steht für keinen Sex vor der Ehe. Janine hat vorhin stolz verkündet, dass sie sich für den Richtigen aufheben will. Oder für Jesus, so genau hab ich nicht zugehört.

Janine und ich kennen uns schon seit dem Kindergarten. Wir haben alles zusammen entdeckt, in der Grundschule gemeinsam unsere ersten Liebesbriefe formuliert, zusammen zum ersten Mal im Freien übernachtet und bis wir dreizehn waren, begeistert mit Janines Riesenlöwen »erstes Date« gespielt. Mal war der Plüschlöwe mein Verehrer und holte mich zur Disco ab, mal lag er auf Janine beim Petting, die unter seinem Gewicht leise stöhnte. Da hat sie auch beim ersten Date direkt rumgemacht, aber jetzt so heilig tun!

Der Jugendwart der freikirchlichen Gemeinde, ein gutmütiger Hippie mit Vollbart, stimmt mit dröhnender Bassstimme ein Lied an. Alle außer mir singen mit. Für einen kurzen Moment komme ich mir doof vor, dass ich den Text nicht kann, irgendwas mit Segen und Gnade. Janine hat die Augen geschlossen, ein paar andere auch. Verstohlen schaue ich mich um, wo der Alkohol versteckt sein könnte. Immerhin soll das hier doch eine Party sein. Ich hätte nicht schlecht Lust, ausgerechnet heute meinen ersten Rausch zu erleben, das Gesinge macht mich ganz gaga. Aber zu meinem Leidwesen kann ich keine Flaschen entdecken. Nach zwei Stunden Singen und Beten ist der Treff jedenfalls vorbei, ohne dass etwas getrunken wurde.

Mit Janine und einem Christenmädchen im Schlepptau trete ich den Heimweg an. Janine scheint ihre innere Mitte gefunden zu haben, denn sie quasselt unaufhörlich von Gott und dem Sinn, den er ihrem Leben gegeben hat.

»Bis vor Kurzem wollte ich mich noch schminken, rauchen und mit Jungs rummachen«, erklärt sie ungefragt. »Heute weiß ich, dass ich das alles nicht brauche.«

»Wieso?«, frage ich trotzig.

»Weil Gott mich so nimmt, wie ich bin!«

Das andere Mädchen nickt zustimmend. »Gottes Liebe haut mich echt um!«

Ich muss mich schwer zusammenreißen, um nicht laut loszulachen. Vermutlich würden die Christen es auch als Prüfung ansehen, von allen für einen Jungen gehalten zu werden. Sollte ich Gott vielleicht sogar dankbar sein, dass er mich für diesen Weg ausgewählt hat? Was für ein Schwachsinn!

Ich bin froh, wieder in meinem Zimmer zu sein, und schneide erst mal ein paar Grimassen. Vom vielen Lächeln tun mir die Gesichtsmuskeln weh. Eine Welt, in der Jungs und Mädchen rein platonisch befreundet sind und sich nur anfassen, wenn es um die Lobpreisung Gottes geht, gruseliger geht's kaum!

Bisher hab ich nur mit Ede, dem Nachbarsjungen, geknutscht, mit dem ich früher oft Fußball gespielt hab. Aber da hab ich noch nichts empfunden bei. Wir wollten einen Erwachsenenfilm nachspielen und hatten uns dazu im Schlafzimmer von Edes Eltern, die nicht da waren, eng umschlungen auf dem Teppich gewälzt und uns gegenseitig die feuchten Zungen in den Mund gesteckt. So hatten die im Film das auch gemacht. Später hab ich beschlossen, dieses Kindergesabber nicht als ersten Kuss zu zählen. So gesehen, hab ich also auch mit noch niemandem geknutscht. Dass Janine das alles aber gar nicht mehr will, finde ich voll ätzend!

»Wann hast du zum ersten Mal mit jemand geknutscht?«, will ich von Mutter wissen, als wir abends zusammen vor der Glotze sitzen.

»Du stellst ja Fragen! War das heut Thema bei deinen Christen?«

»Es sind nicht *meine* Christen«, gebe ich mit gespielter Empörung zurück. »Ich wollte Janine nur nen Gefallen tun.« Ich zucke mit den Schultern. »Interessiert mich halt.«

»Puh!«, macht Mutter und tut so, als müsste sie ewig überlegen. »Ich glaub, den ersten Jungen, den ich geküsst hab, war beim

Flaschendrehen mit fünfzehn. Da hatten wir von jemandem Stachelbeerwein aus dem Keller geholt. Und so schmeckte auch der Kuss.«

Ich verziehe das Gesicht. »Und dann?«, löchere ich sie weiter.

»Und dann, und dann, dann kam, glaub ich, auch schon dein Vater.«

»Quatsch, echt? Glaub ich dir nicht.«

»Sssscht«, wiegelt Mutter ab. »*Traumschiff* fängt an!«

Zu den schmalztriefenden Sinfonieklängen des Intros köpft Mutter eine Flasche Sekt. Das ist ihr Ritual. Jeden Sonntag um 20.15 Uhr, wenn das Traumschiff in See sticht, macht sie sich eine Pulle auf. Mutter bietet mir an, ein Glas mitzutrinken, weil ich mit einkaufen gekommen bin. Aber nachdem ich einmal an der Flasche geschnüffelt hab, lehne ich dankend ab. Der Sekt riecht künstlich, als hätte jemand ein Päckchen Erdbeer-Mamba darin aufgelöst.

»Wieso trinkst du eigentlich ausgerechnet immer beim *Traumschiff* Sekt?«, wundere ich mich.

Mutter nippt schon an ihrem zweiten Glas. Mit einer abweisenden Handbewegung murmelt sie etwas von alte Geschichten und lacht eine Sekunde später über die Fönfrisur von Sascha Hehn.

»Was denn für Geschichten?«, bohre ich nach. »Lass mich raten, es hat was mit Papas Verschwinden zu tun?!«

Mutter guckt mich an, als wäre ich eine lästige Fliege, die nicht aufhört, sie zu piesacken. »Wieso willst du das wissen?«, fragt sie stirnrunzelnd.

Weil's auch ein Teil meiner Geschichte ist, denke ich trotzig. Alles, was meinen Vater angeht, hält Mutter gut unter Verschluss, ein Buch mit sieben Siegeln. »Weil's mich interessiert, ganz einfach.«

Mutter starrt stur auf den Fernseher. Ich bin mir nicht sicher, ob sie mich gehört hat. Als das Traumschiff sicher in den Hafen von Dubai eingelaufen ist, sagt sie leise: »Also gut, wenn du unbedingt willst … Aber ich warne dich, es ist keine schöne Geschichte!«

Ich zucke gespielt gleichgültig mit den Schultern und versuche, mir nicht anmerken zu lassen, dass jede Faser meines Körpers zum Zerreißen angespannt ist. Mutter seufzt.

»Es war 1987. Dein Vater hatte eine Auszeichnung im Betrieb bekommen, weil er soundsoviel Geräte geliefert hatte. Als Belohnung winkte eine Kreuzfahrt nach Kuba, und ich durfte mit. Das war ja sonst unvorstellbar. Also überhaupt eine Kreuzfahrt zu machen, und dann noch nach Kuba, das konnten sich damals nur die Bonzen leisten, und nur die bekamen es auch genehmigt. Und dann lebten wir ja auch noch in wilder Ehe …« Sie kichert bei der Erinnerung daran. »Jedenfalls sollten wir für vierzehn Tage auf der MS Arkona nach Kuba schippern. Dein Vater war ganz aus dem Häuschen. Ich hab gepackt, als würden wir auf Weltreise gehen. Dein Vater wollte nicht mal seinen Sonnenhut mitnehmen, den musste ich ihm noch aufschwatzen. Hätte mich eigentlich stutzig machen sollen.«

»Und wo war ich?«, will ich wissen.

»Du warst damals, lass mich rechnen, sieben. Dich hatten wir zur Oma gebracht, und du warst ganz glücklich, den Rest der Sommerferien bei ihr verbringen zu dürfen. In Rostock ging es aufs Schiff. Wir kamen uns ganz weltgewandt vor, wie wir da im Hafen dieses weiße Traumschiff liegen sahen und mir nichts, dir nichts an Bord gingen. So einfach war es natürlich nicht. Wir wurden vorher bis auf die Unterhose gefilzt. Stasioffiziere reisten auch mit, heimlich natürlich, damit ja kein blinder Passagier es aufs Schiff schafft, der nur rüber in den Westen will.«

Mutter nimmt einen Schluck Sekt, um sich die Kehle zu befeuchten. Ich hänge gebannt an ihren Lippen.

»Es war am zweiten Tag unserer Reise. Ich war noch damit beschäftigt, unsere Koffer in der Kabine auszupacken. Dein Vater hatte gemeint, er wollte das Schiff ein bisschen erkunden. Auf einmal war in den Gängen ein Riesengeschrei: Mann über Bord! Ich bin hoch aufs Deck gerannt, da war ein einziges Gewusel von Passagieren und Mannschaft. Alle glotzten wie blöd aufs Wasser. Von deinem Vater keine Spur. Ich wusste gleich, nach wem die suchen. Aber da hatten die Grenzer der BRD ihn schon rausgefischt und mit dem Hubschrauber ausgeflogen.« Mutter nimmt einen langen Schluck Sekt und kriegt einen verklärten Blick.

»Waaas? Das glaub ich jetzt nicht!« Mein Vater, ein Flüchtling? Und dann macht der echt den Hechter rüber in den Westen, ohne meiner Mutter einen Ton zu sagen und lässt sie auf einem verdammten Kreuzfahrtschiff Richtung Kuba zurück? Ich krieg den Mund nicht mehr zu.

»Tja, Kuba konnte ich mir danach natürlich abschminken.« Mutter lacht bitter. »Die haben mich noch ewig auf dem Schiff verhört, ob ich davon wusste. Aber irgendwann haben selbst die gemerkt, dass dein feiner Herr Vater das ganz allein durchgezogen hat.«

In meinen Ohren beginnt es zu rauschen, als würden die Wogen, die über meinem Vater zusammenklatschten, meinen Kopf fluten. An den Tag, als meine Mutter mich von Oma abholen kam, erinnere ich mich noch genau. Den Ausdruck in ihrem Gesicht werde ich niemals vergessen.

»Und das war das letzte Mal, dass du Papa geseh'n hast?«, presse ich mit erstickter Stimme hervor.

Mutter zuckt mit den Schultern und nickt gleichzeitig.

Ich durfte mit niemandem über meinen Vater reden. Es war, als wäre er von heute auf morgen aus unserem Leben wegradiert. In der Schule schnappte ich mal das Wort »Republikflucht« auf, aber ich hatte keine Ahnung, was das bedeuten sollte. Ich dachte damals, er hätte sich schlimm mit Mama gestritten, dass sie deshalb so viel weinte. Vor allem aber nahm ich an, dass er irgendwann wiederkommen würde. Doch die Jahre gingen ins Land, ohne dass er auftauchte. Wie hätte ich ahnen können, dass der einen actionfilmreifen Sprung vom Kreuzfahrtschiff hingelegt und sich so aus unserem Leben katapultiert hat! Neben Hochachtung für so viel Mut kocht gleichzeitig Wut in mir hoch. Er hätte bei der Aktion schließlich auch draufgehen können. Das war ihm aber anscheinend ebenso egal wie, was mit Mama und mir ist und in was für eine Scheiße er uns reinreitet!

Ich überlege, ob ich Mutter einfach in den Arm nehmen soll, doch sie sieht gerade nicht so aus, als ob sie in den Arm genommen werden will. »Das tut mir leid!«, sage ich daher bloß.

»Ach«, winkt Mutter ab, »das sind ja alles olle Kamellen!« Sie schenkt sich den Rest aus der zur Neige gehenden Sektflasche ein. »Wie fandest du eigentlich unser Frühstück heute Morgen? Das war doch nett, oder?«

Ich versuche, ein möglichst neutrales Gesicht zu machen, wovon Mutter sich offenbar ermuntert fühlt, weiterzureden.

»Was hältst du davon, wenn wir mal was zu dritt unternehmen? Du, ich und Rolf? Nächstes Wochenende hat er keine Schicht, da könnten wir zum Beispiel in den Tierpark.«

»Hm-mh«, mache ich mit fiepsiger hoher Stimme.

Mutter muss mächtig einen sitzen haben, wenn sie denkt, dass ich mich mit dem Schnauzbartbullen in der Öffentlichkeit blicken lasse.

»Der Rolf mag dich richtig gerne, weißt du das? Manchmal ist der etwas überschwänglich, wie heute Morgen, als er dir in die Haare gelangt hat. Nimm's ihm nicht übel, der meint's gut mit dir.«

Okay, das mit dem neutralen Gesicht funktioniert nicht mehr. Wenn Mutter noch einen Satz über den Bullen sagt, explodiere ich. »Ich bin müde und geh ins Bett, ja?«, presse ich hervor.

»Na gut. Nacht, mein Schatz.« Mutter versucht, mir einen Schmatz auf die Wange zu geben.

Ich weiche vor ihrer Sektfahne zurück, und sie kichert albern.

Im Bad betrachte ich mich beim Zähneputzen im Spiegelschrank. Das verschmierte Glas lässt mein Gesicht noch grimmiger aussehen, wie diese alles verzerrenden Fratzen-Spiegel auf dem Rummel.

»Arschloch!«, sage ich laut und strecke meinem Spiegelbild die Zunge raus. Ich werd nicht fertig über das eben Gehörte! Da macht mein Vater einen auf lieb und fürsorglich, so jedenfalls hab ich ihn in Erinnerung, und trotzdem ist er zu so einer rücksichtslosen Aktion fähig. Lässt Mutter und mich einfach zurück, weil ihm seine Freiheit und sein Ego wichtiger sind als seine Familie. Dafür ist Rolf das andere Extrem. Drängt sich einfach in Mutters und meinen Sonntagvormittag, dummschwätzend und eierleckend. Und als wär das nicht schon genug, hat der Bulle auch noch den Nerv, mir ungefragt in die Haare zu langen! Lernt Mutter denn nur Scheißtypen kennen?

Wut steigt in mir auf wie ein quietschroter Gummiball, der in meinem Kopf auf und ab springt. Wut auf Rolf, Wut auf meinen Vater und ein bisschen Wut auf meine Mutter, weil sie es null hinkriegt, über Sachen zu reden, die sie beschäftigen, und sich stattdessen lieber Sekt reinknallt. Da fällt mein Blick auf Mutters Nagelschere, die sie auf der Ablage liegengelassen hat.

Minuten später liegt die Hälfte meiner Haare im Waschbecken, jene Haare, die Rolfs Bullengriffel angetatscht haben.

Ich drehe mich vor dem Spiegel hin und her wie ein Filmstar. Von links betrachtet, sehe ich aus wie immer: schulterlange dunkle Haare, eine weiche Nase, schmale, verkniffene Lippen. Von rechts dagegen fällt nun als Erstes meine Kopfhaut in den Blick oder besser: was davon durch meine raspelkurz abgesäbelten Haare schimmert. Weil mit der Nagelschere kein akkurater Schnitt hinzubekommen ist, wirkt meine Schädelhälfte wie ein unansehnlicher Flickenteppich aus ungleichen helleren und dunkleren Quadraten – perfekt! Gähnend beschließe ich, mich schlafen zu legen und die abgeschnittenen Haare morgen wegzuräumen.

Kapitel 4

Mutter schläft noch, als ich das Haus verlasse, um in die Schule zu gehen. Als Sachbearbeiterin beim Sozialamt kann sie Gleitzeit in Anspruch nehmen – noch so eine Erfindung des Westens wie die verkaufsoffenen Sonntage. Nach ihrem *Traumschiff*-Sonntag nutzt sie die flexible Arbeitszeit öfter. Ihre übereifrigen Kollegen muss man dagegen regelrecht zwingen, nicht wie sonst schon um sieben zur Arbeit auf der Matte zu stehen. Was für Deppen müssen das sein, die freiwillig arbeiten!

Beschwingt stapfe ich den Weg vor unserem Haus entlang. Ich mag, wie der Kies unter meinen schweren Sohlen knirscht. Während Mutter schlummerte, hab ich die eingemotteten NVA-Stiefel meines Vaters ausgegraben. So fühle ich mich nicht ganz so verwundbar mit meiner neuen Frisur. Gern würde ich die Wucht meiner Stahlkappen an irgendwas ausprobieren, aber ich finde nichts zum Kaputttreten. Jede Getränkedose, jedes Fitzelchen Müll wird von unserem Hausmeister penibel entsorgt.

Herr Kubiak lehnt aus dem ersten Stock und raucht eine seiner vielen Morgenzigaretten. Früher war der alte Kauz Gefängniswärter im Jugendknast, aber schon zu DDR-Zeiten pensioniert. Wie eine Eule wacht er nun rauchend über unsere Siedlung, seine knochigen Ellenbogen auf ein kleines Häkelkissen gestützt. Mutter sagt, vor dem solle ich mich in Acht nehmen, weil der alles spitzkriegt und schon Leute bei der Hausverwaltung angeschwärzt hat. Zu mir ist er immer nett. Unter dem offenen Bademantel leuchtet seine bleiche, behaarte Altmännerbrust hervor.

Kubiak verschluckt sich fast am Rauch, als er mich sieht.

»Mädchen, öch, öch, öch, ich glaub mich tritt'n Gaul! Wenn ich nicht wüsste, dass du es bist, müsste ich annehmen, ich hab Altersdemenz. Öch, öch!« Sein wuchtiges Lachen geht augenblicklich in einen trockenen Husten über. Herr Kubiak zieht schnell an seiner Zigarette. Der Husten hört auf. »Hast dir beim Heimlich-Quarzen die Haare angekokelt, wie? Das ist mir mal passiert als junger Kerl bei der Armee.«

Ich zucke mit den Schultern. »Nur ne neue Frisur, kein Grund zur Panik!«

»Nee, nee, nee, Mädchen, ich schenk dir ne Riesentafel Milka, wenn du das wieder wachsen lässt! Das versprech ich dir, eine Riesentafel!«

»Ich mag gar keine Milka!«

»Ach was, jeder mag Milka! Denk mal drüber nach!« Herr Kubiak versucht zu zwinkern und bekommt dabei Rauch ins Auge.

»Verdammich eins!« Unwirsch deutet er rüber zu unserem Nachbarn, der den Tagesanbruch nutzt, um seinen Mercedes mit einem Tuch zu polieren. Im blitzblank geputzten Stern auf der Haube reflektieren die ersten Sonnenstrahlen. Die Frau des Nachbarn bearbeitet derweil wie wild den Fahrzeuginnenraum mit dem Handstaubsauger.

»Guckse dir an, die Flitzpiepen, wie se versuchen, einen auf feine Leute zu machen«, brummt Kubiak missmutig. »Denen ihr Lada hätt's noch zwanzig Jahre getan! Aber nee, jetzt musses plötzlich ein Westschlitten sein, in dem se nicht fahren, sondern nur den Hof zustellen. Öch, öch!«

Herr Kubiak erwartet meistens keine Antwort. Er ist schon damit zufrieden, dass man ihm zuhört.

»Ich muss! Schönen Tag noch!«, rufe ich ihm zu und laufe einfach weiter.

»Aber die Schuhe sind ja das Beste!«, höre ich ihn hinter mir.

Ich stapfe ein bisschen aufrechter in meinen Knobelbechern, deren steifes Leder keinen Millimeter nachgibt. Meine schmerzenden Hacken ignoriere ich.

Auf dem Schulhof sehe ich schon von Weitem ein Grüppchen Zehntklässler in der Raucherecke stehen, die vor dem Unterricht noch schnell eine quarzen. Als ich mich nähere, fangen sie an zu lachen.

»Ich wusste nicht, dass unsere Schule jetzt schon Tschernobyl-Opfer aufnimmt!«, ruft eine blonde Dauerwelle, und alle wiehern im Chor.

»Zecke verrecke!«, kommt es sogleich abfällig hinterhergezischt.

Vorsichtig drehe ich den Kopf. Vier feixende Gesichter starren mir entgegen, warten darauf, dass ich reagiere, damit sie noch mehr zu lachen haben. Keine Frage, die Zecke, das bin ich! Ich versuche, meine Schritte nicht zu beschleunigen, sondern so zu tun, als hätte ich es nicht gehört. Eine Kippe fliegt knapp an meinem Kopf vorbei und landet qualmend vor mir auf dem Asphalt. Daneben, ihr Arschlöcher!

Wahrscheinlich sollte ich jetzt etwas rufen oder wenigstens irgendeine Geste machen, aber ich zottele äußerlich gelassen in meinen Klassenraum und lasse mich auf meinem Platz in der vorletzten Reihe nieder. Gerade will ich erleichtert aufatmen, als mir auffällt, dass die lebhaften Gespräche und das Gelächter um mich herum zu einem gedämpften Tuscheln heruntergefahren sind.

Die Blicke meiner Mitschüler scheinen sich an meiner freigelegten Kopfhaut festzusaugen. Sogar die siamesischen Streberzwillinge aus der ersten Reihe drehen sich synchron nach mir um und kichern hinter vorgehaltener Hand. Jens, unser Hippie, mit weiten Pluderhosen und Perlen in den strohigen Dreadlocks, nickt mir anerkennend zu. Ich verziehe keine Miene.

»Krasse Frise!«, blökt Robert, der Klassenclown, in der Bank vor mir. »Machste jetzt einen auf Punkerbraut, oder wie?«

Ich zucke grinsend mit den Schultern und lasse seine Frage unbeantwortet.

Langsam schwillt der Geräuschpegel im Raum wieder an. Ich starre vor mich auf die Schnitzereien im Tisch. Jemand hat ein A im Kreis in das graue Linoleum geritzt. Das war vorher noch nicht da, bin ich mir sicher. Vielleicht saß hier die Punkerin vom Marktplatz, durchfährt es mich wie ein Blitzschlag. Zärtlich fahre ich mit den Fingerkuppen über die Einkerbung und lasse im nächsten Moment die Schultern hängen. Ich weiß ja noch nicht mal, was dieses A zu bedeuten hat, von Punk kann also nicht die Rede sein! Und als Pseudo will ich schon gar nicht rüberkommen. Pseudos sind das Schlimmste! Schon immer hab ich Leute verachtet, die Sachen nur oberflächlich betrachten. Ich will allen Dingen auf den Grund gehen.

Ich grübele noch über dem eingeschnitzten A, als ein schrilles Quieken mich zusammenfahren lässt. Janine steht neben mir und macht ein Gesicht, das aussieht wie in diesem berühmten Bild, das wir gerade in Kunst dran hatten: »Der Schrei«.

Sie braucht ein paar Sekunden, ehe sie imstande ist, was zu sagen. Ganz entgegen ihrer sonstigen Art. »Du hast ne Meise!« Janine schnappt theatralisch nach Luft und lässt sich neben mich fallen.

»Was meinst du?«, spiel ich die Ahnungslose.

»Das sieht ja scheußlich aus!«

»Vielen Dank!« Ich grinse zufrieden.

»Machst du jetzt einen auf Punk?«

Schulterzucken, wie gehabt.

»Good morning, boys and girls!« Unsere resolute Englischlehrerin hat den Raum betreten und verströmt sofort britische Strenge. Damit bin ich vor weiteren Fragen erst mal verschont. Versonnen stütze ich den Kopf in die Hände und bekomme einen kleinen Schreck, als meine Finger auf der einen Seite nicht wie gewohnt in langes weiches Haar greifen, sondern in ein borstiges Stoppelfeld.

In der Dritten lausche ich in Bio den Vermehrungsformen der Honigbiene. Der Lehrer ist Hobby-Imker und zeigt zu Anschauungszwecken ein selbstgedrehtes Video, auf dem zu sehen ist, wie so ein Bienenschwarm sich fortpflanzt. Jedes Mal, wenn er im weißen Bienenschutzanzug mit Netz vor dem Gesicht ins Bild kommt, fangen alle an zu kichern. Ich kichere nicht, sondern ruckele auf meinem Stuhl hin und her. Die ganze Aufregung hat mir auf die Blase geschlagen, die inzwischen mindestens ebenso voll ist wie eine Honigschleuder. Dabei hab ich vor dem Unterricht wie immer nichts getrunken.

»Bzzzz« macht es fortlaufend aus dem alten Fernsehgerät mit Rollen dran. Für meine Ohren klingt es wie ein plätschernder Wasserfall. Bzzzzz. *Scheiß-Bienen!*, denke ich, und rutsche unruhig hin und her. Ob ich es bis nach der Sechsten aushalte? Vermutlich nicht. Heute ist es ein bisschen zu viel. Noch ein paar Minuten vergehen, in denen ein neues Bienenvolk entstanden ist.

Janine neben mir hängt wie narkotisiert auf ihrem Stuhl. Ich hebe die Hand. Unser Bio-Lehrer ist so fasziniert von seinen Bienen, dass er sie erst mal nicht bemerkt. Bzzzz.

Endlich wendet er seinen grauen Schädel. »Ja, Alexa?«

»Darf ich mal austreten, bitte?«

»Na gut.«

Ich glaube etwas Enttäuschung in seinem Gesicht darüber zu lesen, dass ich seine Honigbienen nicht spannend genug finde, um meinen Harndrang einzuhalten.

Unter den neidvollen Blicken meiner Mitschüler stapfe ich zur Tür.

Eine heilige Stille liegt über den Gängen. Gemächlich trotte ich an Klassenzimmertüren vorbei, deren Gemurmel dahinter mich für den Moment nichts angeht. Ich lasse meine schweren NVA-Stiefel auf den frisch gebohnerten Flurboden knallen, dass meine Schritte von den hohen Decken und weiß gekalkten Wänden widerhallen. Am liebsten würde ich was anstellen: mich auf dem Boden den Gang entlangrollen oder den Vertretungsplan verstecken. Aber der hängt sicher hinter einer dicken Glasscheibe.

Von den Wänden glotzen mich berühmte Persönlichkeiten an. Die meisten sind russische Gelehrte und Wissenschaftler, die offenbar seit dem Untergang der DDR noch nicht ausgetauscht wurden. Von einem Porträt lächelt Juri Gagarin herunter, der erste Mensch im Weltraum. Gutaussehend grinst er zuversichtlich unter seinem runden Kosmonautenhelm hervor. Ich halte kurz inne und vergewissere mich mit einer 180-Grad-Drehung, ob auch ja niemand hinter mir ist. Dann räuspere ich mich lautstark und spucke auf das Bild. Für mich ist jeder Gang aufs Klo wie ein Flug in den Weltraum, nur dass keiner dafür mein Bild in der Schule aufhängt!

Eine Zeit lang ging ich nur noch während des Unterrichts auf Toilette. Manche Lehrer schauten zwar etwas komisch, wenn ich regelmäßig in der Stunde fragte, ob ich mal pinkeln dürfe, aber was soll's. Schwache Blase eben, kann ja mal vorkommen. Dabei hab ich alles andere als eine schwache Blase. Meine Blase ist eisenhart. Seit einer Weile hab ich es mir ganz abtrainiert, in der Schule zu pinkeln. Dafür trinke ich vor und in der Schule keinen einzigen Schluck und harre mit voller Blase bis nach der Sechsten aus, damit ich im Schutz des mütterlichen Klos Wasser lassen kann. Auf der Schultoilette wird es mir nicht gerade einfach gemacht, mich zu erleichtern.

Es reicht bereits die Sekunde, die ich brauche, um in einer der Kabinen zu verschwinden. Schon geht das Gekichere los: Was macht'n der Kerl hier auf'm Weiberklo? Habt ihr den Typ gerade geseh'n? War das jetzt ein Junge oder ein Mädchen? Während das Getuschel draußen anschwoll, saß ich meistens zur Salzsäule erstarrt in der Kabine und brachte trotz berstender Blase keinen einzigen Tropfen heraus. Dann hieß es warten, bis sich die Idiotinnen verzogen hatten. Manchmal wartete ich, bis es schon wieder zur Stunde geklingelt hatte, und kam zu spät zum Unterricht. Dann wünschte ich mir, mich so schnell bewegen zu können wie der Roadrunner, von dem nur eine Staubwolke zurückblieb, wenn er im Überschalltempo vorbeigezischt war. Vielleicht konnte ich deshalb so schnell rennen. In Sport lief ich den anderen regelmäßig davon. Aber als ich so gut war, dass ich an Wettkämpfen hätte teilnehmen können, hörte ich auf. Wenn etwas von mir erwartet wird, verliere ich die Lust daran, selbst an Dingen, die mir bis dahin Spaß gemacht haben.

Genauso war es auch, als alle meine Freundinnen sich auf die Konfirmation vorbereiteten, außer mir, und es wochenlang kein anderes Thema gab. Alle paukten fleißig Psalmen und konnten das Vaterunser im Schlaf runterrattern, nur, um bei der Konfirmationsfeier mächtig Kohle abzustauben und danach mit elterlichem Segen offiziell saufen und ausgehen zu dürfen. Bei den meisten meiner Freundinnen hielt die neu entdeckte Frömmigkeit genau bis zum Tag der Konfirmation. Danach wurde gesoffen und geraucht, was das Zeug hielt. Und mit Jungs rumgemacht.

Nur Janine, dem verrückten Schneehuhn, schien es ernst zu sein mit Jesus und Kein-Sex-vor-der-Ehe. Aber das mochte ich schon immer an ihr, dass sie Sachen, die sie sich einmal in den Kopf gesetzt hat, ohne Wenn und Aber durchzieht. Wie in der Siebten, als Janine so braun wie die Rettungsschwimmerinnen von *Baywatch* werden wollte und deshalb täglich Berge von Möhren vertilgte. Ihr Gesicht änderte tatsächlich seine Farbe, allerdings nicht zu Braun, sondern zu einem ungesunden Orange-Gelb. Allen, die sie dafür auslachten, erzählte Janine, sie hätte eine seltene Pigmentstörung, so ähnlich wie Michael Jackson, und plötzlich war sie wieder etwas Besonderes und stand im Mittelpunkt des allgemeinen Interesses.

Ohne Eile passiere ich den Handwaschraum der Mädchentoilette und suche mir eine Kabine, die nicht von nassem Klopapier zugemüllt ist. An einer der Türen leuchtet rot das Besetzt-Zeichen. Das waren bestimmt wieder die Fünftklässler. Deren neuester Streich ist es, die Klos von innen zu verriegeln und dann oben drüberzuklettern. Besonders zu Stoßzeiten ein herrliches Vergnügen, wenn die Schülerinnen Schlange stehen, um pinkeln zu dürfen. Ich nehme die freie Kabine direkt neben der mit dem Besetzt-Zeichen.

Heute lasse ich mir Zeit und koste es aus, das ganze Klo nur für mich zu haben. Gemächlich reiße ich Streifen vom Klopapier ab und lege damit sorgfältig den Toilettensitz aus, bevor ich mit einem Seufzen Platz nehme. Kein Gekichere, kein Gelache, kein Stress. Ich stütze den Kopf in die Hände und genieße die Stille.

Plötzlich hustet es, und ich fahre erschreckt zusammen. In der Kabine neben mir ist jemand! Ich hab überhaupt keinen Bock, von irgendwem gesehen zu werden.

Egal! Ich bin Meisterin darin, so lange rumzutrödeln, bis die andere Person vor mir gegangen ist und sich die Hände gewaschen hat. Aber aus der Kabine dringt kein weiteres Geräusch. Die scheint es nicht eilig zu haben. Was kann man bitte so lange auf dem Klo machen? Ich raschele ein bisschen mit Klopapier herum, um mir den Anschein von Geschäftigkeit zu geben. Da klopft es von drüben an die Wand meiner Kabine.

»Ja, bitte?«, sage ich automatisch. Ein »Herein« scheint mir an dieser Stelle nicht angebracht.

Nebenan kichert es.

»Kannst du mir mal bitte ne Rolle Klopapier rüberschieben? Ich sitz hier auf dem Trockenen«, höre ich eine kratzige Mädchenstimme, die klingt, als würde sie zu viel rauchen.

Auf dem kleinen Absatz neben der Schüssel stehen sogar zwei Klopapierrollen rum. Als ich eine greife, fällt mir mal wieder auf, wie rau das Papier ist. Meine Schule hat noch nichts von dem neuen vierlagigen Klopapier aus dem Westen gehört, sondern mutet ihren Schülerinnen und Schülern weiter das olle Kreppzeug aus DDR-

Zeiten zu, das sich wie Sandpapier am Hintern anfühlt. Von dem braucht man die doppelte Menge.

Gerade will ich die Rolle unter der Wand durchreichen, da flutscht sie mir aus der Hand und kullert hinüber, eine graue Bahn hinter sich herziehend. Zum Glück sind die Fliesen einigermaßen sauber. Als ich mich bücke, um das Papier aufzuklauben, sehe ich durch den unten offenen Spalt der Toilette die Spitze eines Springerstiefels. Mein Herz beginnt, schneller zu pumpen.

»Das ging ja fix!«, gluckst es von drüben.

Ich hab einen Kloß im Hals. Wenn's drauf ankommt, fällt mir nie was Schlagfertiges ein.

»Ey, biste jetzt stumm geworden oder wieso sagste nichts mehr?«, will die Kratzstimme wissen.

Aus der Kabine raschelt es beständig. Wie Pinkeln klingt das nicht.

»Was machst'n da eigentlich?«, frage ich, um irgendwas von mir zu geben.

»Ich bastel was. Willste gucken?« Das Mädchen lacht heiser.

Die hat sie doch nicht alle! Eine Klokabine hat für mich immer noch was Intimes, Privates. Da lugt man nicht einfach von oben rein. »Nee, lass mal!«, beeile ich mich zu sagen.

»Warte, ich zeig's dir!«, kommt es prompt von drüben.

Bevor ich reagieren kann, taucht über der Wand meiner Kabine ein grüner Haarschopf auf mit in alle Richtungen abstehenden Stacheln. Ich schaue in zwei vor Überraschung aufgerissene Augen. Es ist die Punkerin vom Marktplatz.

»Ah, du bist's!«, ruft sie, als würden wir uns schon ewig kennen. »Tachchen!«

»Hi!«, sage ich lahm.

»Guck, ich hab ne Minibong gebaut.« Über die Wand der Kabine reicht sie mir stolz die abgewickelte Klopapierrolle, aus der ein seltsames Gebilde ragt. In die Mitte der Rolle ist ein Loch gebohrt, in dem ein kunstvoll gedrehter Joint steckt, jedenfalls, soweit ich das beurteilen kann.

»Nicht schlecht! Und damit kann man echt rauchen?«

»Klar! Wenn du willst, zeig ich's dir. Aber nicht hier.« Sie wirft mir einen verschwörerischen Blick zu.

Na ja, scharf aufs Kiffen bin ich nicht wirklich. Wenn ich mir die Kiffer in meiner Klasse so anschaue, machen die nicht gerade den Eindruck, als würde die Kifferei in ihrem Leben irgendwas besser machen. Die hängen oft mit roten Glubschern im Unterricht, packen sich über die dümmste Kleinigkeit weg, peilen aber ansonsten nicht viel.

Am schlimmsten finde ich unseren Hippie Jens. Der kifft sich die Welt schön und nervt mit seiner grundlos guten Laune, wenn er mit bimmelnden Glöckchen am Schuh pfeifend über den Schulhof schlurft. Einmal hat der sich original in Geschichte gemeldet, als wir den Zweiten Weltkrieg dran hatten, und gefragt: »Warum gibt es denn überhaupt Kriege auf der Welt?«

Also nee, ich will nicht geistig so abstumpfen wie die Kiffer, trotzdem beantworte ich die Frage der Punkerin sofort mit einem Nicken.

»Cool!«, freut sie sich. »Sollen wir den Abflug machen?«

»Okay, hauen wir ab«, höre ich mich wie im Film sagen und kann selber kaum glauben, was ich gerade tue.

Jetzt muss ich nur noch unserem Bio-Lehrer beibringen, dass ich seinem Unterricht nicht bis zum Ende folgen kann. Soweit ich mich erinnere, hab ich noch nie die Schule geschwänzt. Ich wüsste gar nicht, wo ich hin soll. Zu den Vermehrungsformen der Honigbiene will ich aber auch nicht zurück. Hier winkt eine Lektion aus dem echten Leben. Und schließlich lernen wir ja fürs Leben und so.

Vorsichtig klopfe ich an die Tür meiner Klasse, hinter der ich die monotone Stimme meines Bio-Lehrers höre. Mindestens zwanzig

Augenpaare starren mich an, genau wie heute Morgen. Bestimmt fragen die sich alle, was ich so lange auf dem Klo gemacht hab.

»Herr Klupke …« Ich fahre mir über den Bauch und verziehe das Gesicht, als hätte ich Schmerzen. »Mir ist schlecht. Ich hab's, glaub ich, mit dem Magen.«

»Wir haben uns schon Sorgen gemacht.« Herr Klupke mustert mich mitfühlend, ein paar meiner Mitschüler kichern. »Dann ist es wohl besser, du gehst nach Hause.«

Ich nicke zustimmend und versuche dabei, nicht allzu begeistert auszusehen.

»Schaffst du es allein oder soll Janine dich begleiten?«

»Nein, nein, ich schaff's schon … denke ich!«, presse ich mit Leidensmiene hervor.

Mit Genesungswünschen und wohlmeinenden Ratschlägen, die mir mit auf den Weg gegeben werden, verlasse ich den Unterricht. Weil ich als fleißige, unauffällige Schülerin gelte, war es ein Leichtes, dem Bio-Lehrer ins Gesicht zu lügen. Obwohl ich Lügen eigentlich auf den Tod nicht ausstehen kann. Nur Janine sah nicht gerade überzeugt aus von meiner Performance. Aber die kennt mich schließlich auch schon lange genug.

Obwohl, ein bisschen flau im Magen ist mir schon, als ich zur Turnhalle laufe, hinter der die Punkerin auf mich warten wollte. Ob sie wirklich da ist? Vielleicht macht sie sich auch nur einen Spaß mit mir oder will mich testen. Meine Befürchtungen sind jedoch unbegründet. Schon von Weitem sehe ich sie in ihrer schwarzen Lederjacke an der Turnhalle lehnen. Sie grinst mir lässig entgegen.

»Na, was hast du für ne Krankheit?«, werde ich fröhlich begrüßt.

»Übelkeit. Und du?«

»Ich auch. Da scheint was rumzugeh'n an uns'rer Schule.« Sie zwinkert mir zu. Dann schultert sie ihren olivgrünen Armeerucksack, und gemeinsam verlassen wir das Schulgelände.

Kapitel 5

Kurz vor elf ist die Fußgängerzone angefüllt mit Rentnern, die ihren morgendlichen Einkauf erledigen. Zwei junge Mädchen mit Vogelscheuch-Frisuren und Kampfstiefeln, die am helllichten Vormittag durch die Stadt schlendern, als hätten sie keine Schule oder sonstige Verpflichtungen, sowas haben die Leute dieser Kleinstadt noch nicht gesehen, und genauso glotzen sie auch.

Ich recke die Brust ein wenig mehr heraus und stapfe noch ein bisschen breitbeiniger. Zum ersten Mal bin ich mir ziemlich sicher, dass mich die Leute wegen meiner abgesensten Haare anstieren und nicht, um rauszufinden, ob ich ein Junge oder ein Mädchen bin. Oder vielleicht rätseln sie auch, ob die Punkerin und ich ein Liebespaar sind.

Der Gedanke gefällt mir. Dafür hat sich das Schuleschwänzen mehr als gelohnt. Ich könnte für immer an der Seite der Punkerin durch die Straßen dieses Kaffs ziehen und mich von den Spießern begaffen lassen. An diesem Montagmorgen gehört die Stadt uns.

»Was wollten die Glatzen gestern eigentlich von dir?«, bricht sie unser Schweigen.

Ich spüre, wie ich rot werde. »Die dachten, ich wär schwul.«

»Und, bist du's?«, fragt sie und grinst.

»Keine Ahnung!« Ich muss lachen. »Danke übrigens.«

»Nicht dafür!« Die Punkerin winkt ab. »Den Vögeln muss man zeigen, dass ihnen nicht die Stadt gehört, sonst werden die übermütig.«

Ich nicke, als hätte ich eine Ahnung, wovon sie spricht.

»Ich bin übrigens Rosa.«

Das O in ihrem Namen betont sie mit sächsischem Akzent, irgendwie süß.

»Lexi«, sage ich. »Woher kommst'n?«

»Woher willst'n du wissen, dass ich nicht von hier bin?«

»Das O«, erwidere ich nur.

Rosa zieht einen Flunsch. »Mann, ey, jetzt bin ich schon seit Sommer hier und krieg's immer noch nicht weg! Meine Alten sind aus *Dräsden* hergezogen.«

»Ist doch niedlich«, höre ich mich sagen. Niedlich? Ich wusste gar nicht, dass ich den Ausdruck überhaupt in meinem Wortschatz führe. Meerschweinchen sind niedlich und tapsige Hundewelpen, aber eine Punkerin, die sächselt? Hm.

Rosa bedenkt mich mit schrägem Blick und verzieht ihren Mund schließlich zu einem Lächeln. »Mutig übrigens, dir einfach so die Haare abzuschneiden.«

»Findest du?« Ich zucke mit den Schultern.

Rosa sieht mit ihren grünen Stacheln noch zehnmal krasser aus. Mit fachmännischem Blick begutachtet sie meine stoppelige Kopfhälfte. »Das können wir mit dem Haarschneider noch gleichmäßiger machen, wenn du Bock hast. Lass doch zu mir geh'n, meine Alten sind malochen, da sind wir ungestört. Nicht, dass wir noch wem in der Stadt begegnen!«

»Okay«, sage ich cool und kann mein Glück kaum fassen.

Nicht mehr so cool bin ich, als Rosa vorschlägt, den Bus zu ihr zu nehmen. Ich vermeide es, Bus zu fahren, wo es nur geht. Zum Glück kann ich zu meiner Schule laufen. Vor allem der hintere Teil des Busses ist für mich Feindgebiet. Da hocken oft die bösen Buben, die nur darauf warten, dass jemand Seltsames oder Unsicheres einsteigt, den sie mit Sprüchen belegen und auslachen können. Bei meiner letzten Busfahrt haben sich vier Prolls in der hintersten Reihe lautstark darüber ausgetauscht, ob ich nun ein Junge oder ein Mädchen bin. Dabei hatte ich, ganz in vorauseilender Vermeidung, vorne Platz genommen. Der Mittelteil des Busses markiert für mich eine unsichtbare Grenze, die ich besser nicht überschreite, wenn ich eine stressfreie Fahrt haben will.

»Lass lieber zu Fuß geh'n!«, versuche ich deshalb, Rosa von der Busidee abzubringen.

»Es ist aber ein gutes Stück«, warnt sie mich vor.

»Egal, ich hab Bock, noch ein bisschen zu laufen«, behaupte ich.

Nach ungefähr zwanzigminütigem Fußmarsch, während dem ich meine komische Bus-Angst verfluche, biegen wir endlich in die Pappelallee ein, wo Rosa mit ihrer Familie wohnt. Rechts und links ragen weiße Villen und Herrenhäuser an den Hängen auf, von Pappeln geschützt vor neugierigen und begehrlichen Blicken. Mein Zahnarzt residiert hier.

Rosa stoppt vor einem geschwungenen Eisentor, an dem »Distelheft« steht. Und darunter »Architekturbüro«. Rosa Distelheft – was für ein Name!

Dass Rosas Eltern Architekten sind, sieht man schon am weitläufigen Garten, in dem schlanke griechische Statuen akkurat angelegte Blumenbeete säumen. Auch das Haus der Distelhefts ist ein Architekturtraum. Alles scheint um der Schönheit willen da zu sein und nicht, um es zu benutzen. Das Weiß des Flurs sticht mir richtig in die Augen. An den Wänden prangen teuer aussehende Kunstdrucke. Unwillkürlich verspüre ich das Bedürfnis, mir die Schuhe auszuziehen. Meine staubigen NVA-Stiefel wirken auf dem blitzblanken Fliesenboden wie zwei hässliche Käfer, die über eine weiß eingedeckte Festtafel krabbeln.

Als Rosa die Tür zu ihrem Reich öffnet, schlägt uns ein Schwall kalter Luft entgegen. Fröstelnd nehme ich auf ihrer Couch Platz.

»Huch, ist das kalt bei dir!«

»Ich mag das so«, grinst Rosa. »Meine Alten überheizen die Bude dermaßen – grässlich! Diese spießbürgerliche Wärme hat sowas Einlullendes, da kann man keinen klaren Gedanken fassen.«

»Du spinnst!«

»Nee, echt jetzt mal! Was meinst'n, warum es Fernseh'n gibt und den ganzen Scheiß? Da hocken die Spießer in ihren behaglichen Wohnzimmern und glotzen in die Welt hinaus, statt mal in sich reinzuhören und sich zu fragen, ob ne Vierzig-Stunden-Woche das Leben ist, was sie wirklich wollten. Wie meine Mutter möchte ich nie werden!« Rosa macht ein verächtliches Gesicht.

Über das, was später mal sein wird, hab ich mir bisher noch nicht groß Gedanken gemacht, daher sage ich: »Meine Mutter heizt immer so, dass sie in Unterwäsche vorm Fernseher hocken kann. Die würde sich hier glatt zu Tode frieren.«

»Siehste, sich behaglich einzurichten ist der Tod!« Rosa gestikuliert wild mit einer Hand. »Sobald der Mensch einen gewissen Status erreicht hat und politisch oder wirtschaftlich bevorzugt ist, wird er schläfrig und faul und verliert seine Tatkraft und seinen wachen Geist. Erst durchs Unbequeme können wir uns weiterentwickeln.«

»Sagt wer?«

»Wer wohl? Bakunin natürlich! Na ja, vielleicht nicht genau so, aber jedenfalls dem Sinn nach!«

Ich hab ein großes Fragezeichen auf der Stirn, das auch Rosa nicht entgangen ist, denn sie springt plötzlich auf und zieht ein Buch aus ihrem Rucksack. *Staatlichkeit und Anarchie* prangt in schwarzen Lettern auf dem abgegriffenen roten Einband.

»Bakunin war ein russischer Anarchist. Der hat sich ziemlich geile Gedanken gemacht, wie wir Menschen besser zusammenleben können. Das Buch ist meine Bibel, das hab ich immer dabei. Musst du unbedingt mal lesen! Aber erst mal schneiden wir dir die Haare!«

Rosa stellt einen Stuhl in die Mitte ihres Zimmers, auf dem ich Platz nehme, und breitet kurzerhand ein altes T-Shirt um meine Schultern. Mir rauscht das Blut in den Ohren, und das nicht nur, weil Rosa so nah bei mir steht, dass ich ihren Bauch berühren könnte, wenn ich den Kopf vorbeuge. Gleich werden meine Haare noch kürzer, eine richtige Punkfrisur!

»Okay, bereit?«

Ich nicke stumm. Ein lautes Surren ertönt, als Rosa den Haarschneider anschaltet. Ich zucke zusammen.

»Entspann dich, der ist zwar schon alt, aber schneiden tut er Eins a!« Sanft setzt sie die Klinge auf meine Kopfhaut und rasiert einmal vom Nacken bis zum Haaransatz.

Gebannt beobachte ich, wie kleine Stoppeln zu Boden rieseln, und drehe unwillkürlich den Kopf, um ihre Flugbahn zu verfolgen.

»Nicht bewegen!«, herrscht Rosa mich sofort an. Mit einer Hand umfasst sie mein Kinn, um meinen Kopf wieder in die für sie beste Scherposition zu rücken. Dabei bedenkt sie mich mit einem tiefen Blick.

Ich bin wie elektrisiert. Brav bleibe ich regungslos sitzen, damit sie meine Kopfhaut weiter mit der Maschine bearbeiten kann. Währenddessen erfahre ich noch mehr über Bakunin und über Rosas Leben vor dem Umzug in die »Provinz«, wie sie sagt.

»In *Dräsden* war's geil!« Rosa hebt die Stimme, um das Surren des alten Haarschneiders zu übertönen. »Wir hatten da so nen Treff in uns'rer Neubausiedlung in nem alten Kiosk. Da kamen alle aus der Straße hin, und es war Zusammenhalt gegen die VoPos und Hausmeister, die uns da raus haben wollten.«

»VoPos?«

»Die Volkspolizei. Ey, die waren so schlecht ausgestattet kurz nach der Wende, denen sind manchmal einfach ihre Karren verreckt, wenn die vergessen haben, das Blaulicht auszumachen.«

»Wieso kamen die denn mit Blaulicht?«

»Ach, wegen Klauen und Lärmbelästigung und so ne Geschichten«, grinst sie verschmitzt. »Ich bin da immer mit Heidi rumgezogen, die wohnte in der Platte gegenüber. Wir haben öfter Schule geschwänzt und sind in der Kaufhalle daneben einklaufen gegangen. Die war echt gut. Hat einfach ihren Rucksack mit Flaschen vollgepackt, eine gekauft und ist dann zurück zur Kassiererin nach dem Motto: ›Tut mir voll leid, aber ich hab vergessen, ne Flasche zu bezahlen.‹ Die Kassiererin hat sich gar nicht mehr eingekriegt, was sie doch für ein ehrliches Mädchen wäre und bla. Ab da hatten wir freie Bahn und haben Süßkram und Bier und was nicht alles mitgeh'n lassen.«

Ich überlege, ob ich das gut finden soll. Aber eigentlich finde ich Klauen nur scheiße. »Ich würde mich das nie trauen«, sage ich stattdessen.

»Am Anfang hatte ich auch Schiss. Aber inzwischen … Für mich ist das Punk: selbstbestimmt leben, sich nehmen, was man braucht. … So, fertig!« Das Surren des Haarschneiders verstummt, und Rosa streift ein paar Stoppeln von meiner frisch rasierten Kopfhälfte.

Ein Schaudern durchfährt mich, als ihre Finger meine nackte Haut berühren. Die abrasierten Haare bleiben einfach auf dem Boden liegen, denn Rosa hat schon eine neue Idee. Aus ihrem Schrank wühlt sie eine alte Decke hervor, die sie mit Schwung über ihr Bett breitet. Der gelbe Flauschstoff ist übersät mit unzähligen dunklen und weniger dunklen Punkten. Erst beim Nähertreten sehe ich, dass es Brandlöcher sind, die ein ungleichmäßiges Muster bilden.

»Das ist meine Kiffdecke!«, verkündet sie stolz.

Wenige Augenblicke später liegen wir rücklings darauf mit Rosas auf der Schultoilette gebauter Kiffkonstruktion, die sie feierlich entzündet.

»Hier, du hältst mit einer Hand hinten das Loch zu und vorne saugst du den Dampf vom Joint ein. Alles klar?«

Ich erwähne lieber nicht, dass ich nicht mal rauche. Als ich jetzt den Dampf einatme, muss ich so husten, dass ein Batzen Glut herabfällt und sich sengend in den Stoff brennt. Ich hab mich auf der Kiffdecke verewigt und dem Muster einen neuen riesigen Fleck hinzugefügt. Rosa zuckt nicht mal.

Ich blinzele aus den beiden Schlitzen, die mal meine Augen waren, und werde von einem Lachkrampf nach dem nächsten geschüttelt. Rosas meckernde Lache steckt an. Es ist leicht, mit ihr zu reden.

Sie wirkt gar nicht so cool, wie ich dachte. Janine und die anderen müssten jetzt in Mathe hocken. Die Schule kommt mir gerade so weit weg vor wie der Mond. Unvorstellbar, dass ich da morgen wieder hin soll! Aber morgen ist morgen und jetzt ist jetzt. Jetzt liege ich selig bekifft mit einer Punkerin auf ihrem Bett, so nah, dass ich die Rasiercreme riechen kann, mit der sie sich die Haare zu kunstvollen Stacheln dreht.

»Los, versuch's noch mal!« Rosa sieht mich erwartungsvoll an, ihr Kinn auf den Ellbogen gestützt.

»Dasch'n ..tücha!«

»Nee, das isses nicht! Du musst die Buchstaben weicher aussprechen, mehr rauspressen. Am besten schiebst du den Unterkiefer vor und lässt die Zähne zusammen, dann hast du's!«

»Dasch'n …« Ich würge das Wort angestrengt zwischen meinen geschlossenen Zahnreihen hervor und muss schon wieder lachen. »… diescha!«

»Na ja, fast! … Dasch'ndischor!«

Ich pruste los, wie schon die Male zuvor, wenn Rosa was auf Sächsisch raushaut. Dann besinne ich mich wieder und bringe meine Zähne in Position. »… dischooor!«, mache ich.

»Dein hoch konzentriertes Gesicht dabei ist einfach zu geil!«, feixt Rosa.

»Dasch'ndischor, Dasch'ndischor!«, skandieren wir im Chor auf dem Weg in die Küche.

Als Rosa den mannshohen Kühlschrank ihrer Eltern aufreißt, fühl ich mich ein bisschen wie im Dezember '89, als ich als Neunjährige zum ersten Mal in meinem Leben einen West-Supermarkt betreten durfte. Ich weiß noch genau, wie mir der Kopf schwirrte von den vielen bunten Farben, vor Waren überquellenden Regalen und den hellen Lichtern, die das Ganze unwirklich in Szene setzten. Am beeindruckendsten fand ich, dass es ein ganzes Kühlregal nur für

Joghurt gab. So viele Sorten Joghurt in verschiedensten Becherformen und Farben hatte ich bis dahin noch nie gesehen.

Zu DDR-Zeiten gab es nur Leckermäulchen vom Kombinat für Milchwirtschaft. In ganzen zwei Sorten: Vanille und Zitrone, abgefüllt in weiße Plastikbecher mit grauem Abziehetikett, auf dem ein Mädchen mit abstehenden strohigen Zöpfen sich die Lippen leckt. Das heißt, es war noch nicht mal Joghurt, sondern aufgeschäumter Milchquark, der im Mund sofort in sich zusammenfiel.

Die Joghurtauswahl der Distelhefts, die sich einladend vor mir ausbreitet, kommt nahe an ein West-Supermarktregal heran. Auf etlichen Sorten steht mit grüner Aufschrift »Bio«. Angesichts dieses Kühlschranks, denke ich, dass Rosa es doch gar nicht nötig hätte zu klauen. Es gibt alles, was man will, im Überfluss, und noch mehr!

»Und deinen Eltern macht das wirklich nichts aus?«, hake ich noch mal nach.

»Quark, jetzt nimm einfach! Du kannst auch drei haben, wenn du willst«, versichert mir Rosa. »Meine Mutter kauft immer ein, als würde morgen der Dritte Weltkrieg ausbrechen.«

Meine Wahl fällt auf einen Bio-Erdbeerjoghurt mit gehobelten Mandelsplittern und Stücken weißer Schokolade. Dazu packe ich noch einen Schokopudding mit aufgeschlagener Sahne und eine Mangomousse obendrauf.

»Brav!«, sagt Rosa, die zwei Tüten Chips und eine Flasche Cola unterm Arm hält. Die Kiffdecke ist unsere Insel, auf der wir fressen, rauchen und quatschen.

»Du bist cool!«, nuschelt Rosa mit vollen Backen.

»Waff?«, sage ich und versuche, mir gleichzeitig eine Handvoll Chips und einen Löffel Schokopudding in den Mund zu schieben.

»Keiner aus meiner Klasse wär für sowas hier zu haben. Das sind alles solche Spießer!«

Ich grinse breit. Das Kompliment von Rosa bedeutet mir mehr als der Matheunterricht, den ich gerade verpasse.

»Fehlt nur noch Mucke!« Rosa springt auf, schmeißt irgendein Tape in ihre Anlage und drückt auf Play.

Die Musik trifft mich wie ein Schlag auf den Hinterkopf. Das Schlagzeug rumpelt los, als würde jemand mit Stöcken auf leere Wasserkanister eindreschen, und das in einem Affenzahn. *»Mach dich doch selbst kaputt, bevor es jemand anders tut!«*, bohrt sich die dreckige Stimme des Sängers ins Gehirn. Ich muss an ein räudiges Tier denken, das tagelang einsam im Wald geschrien hat. Dieses heisere Gegröle sprengt alles, was ich bis dahin gehört hab. Dagegen sind Bon Jovi zahme Hauskatzen.

»Was ist das?«, schreie ich elektrisiert, im Versuch, die kreischenden Gitarren zu übertönen.

»SCHLEIM-KEIM«, brüllt Rosa zurück. »Komm, Pogo!«

Schon zieht sie mich beim Kragen meines Pullis hoch. Ohne mich loszulassen, fängt sie an, wild auf der Stelle zu hüpfen. Mit einem kräftigen Schubser stößt sie sich von mir ab und rennt mit windmühlenartig rotierenden Armen von einer Zimmerecke in die andere.

Ich tue es ihr gleich. Immer wieder springen wir gegeneinander und rempeln uns an, bis wir völlig fertig auf ihr Bett fallen.

»Hier, ich zeig dir was!« Sie springt auf und kramt aus einer Schublade einen Zeitungsausschnitt hervor. Es ist ein Schwarz-Weiß-Foto, auf dem dutzende junge Punks und ein paar Skinheads auf einer Treppe vor einem Bahnhof stehen.

»Das ist London '79. Geil, oder? Echte englische Punks!«

Gemeinsam bewundern wir den Look. Jeder einzelne aufgestellte Iro, jeder mit Edding auf die Lederjacke geschmierte Spruch, selbst die Schnürung der Stiefel wird gewürdigt und genauestens in Augenschein genommen.

»Schau mal, die Jeans!« Rosa deutet auf einen breitschultrigen Skinhead, dessen enge Blue Jeans mit hellen Flecken gespickt ist, als hätte sie jemand mit Säure bespritzt. »Das sieht so cool aus, oder?«

»Ja, voll krank, ey!«, pflichte ich ihr bei und stutze plötzlich. »Aber wieso geben die Punks sich denn mit Nazi-Glatzen ab?«

»Das sind keine Nazis, sondern linke Redskins. Die sind korrekt!«, behauptet Rosa.

Ich versteh mal wieder nur Bahnhof, was auch an meinem bekifften Zustand liegen könnte. Doch im Moment will ich mir vor Rosa nicht die Blöße geben. »Die Jeans gibt's bestimmt nicht so zu kaufen«, vermute ich laut.

»Klar nicht! Das ist Punkrock, alles selbstgemacht! Man kann die mit Klorix bleichen, so nem Kloreiniger.«

»Das haben wir zu Hause, damit putzt meine Mutter!«, rufe ich euphorisch. »Also, manchmal«, füge ich hinzu.

Wir tauschen einen verschwörerischen Blick. Es ist klar, was unseren Jeans heute noch bevorsteht. Mit dem Punkfoto und Rosas Schleim-Keim-Tape im Gepäck schlüpfen wir in unsere Stiefel und machen uns sofort auf den Weg zu mir nach Hause.

Kapitel 6

Ein bisschen schäme ich mich, Rosa mit zu mir zu nehmen. Unsere Drei-Zimmer-Wohnung in der Siedlung am anderen Ende der Stadt ist nicht halb so schick wie das Haus ihrer Eltern. Vom Platzangebot ganz zu schweigen. Aber Rosa scheint sich sofort wohl bei mir zu fühlen. Samt ihrer Stiefel knallt sie sich auf meine Bettcouch und liest mir einen Abschnitt aus ihrem Bakunin-Buch vor, das sie immer mit sich rumträgt. Es geht irgendwie um die Moral der Herrschenden. Ich kann nicht richtig folgen, weil es schon vier Uhr durch ist, und ich nervös überlege, wann eigentlich Mutter von der Arbeit kommt.

»Sollen wir gleich loslegen?«, frage ich deshalb.

»Ja, auf zur Bleiche!«, ruft Rosa begeistert und klappt das Buch zu.

Wir schleppen meinen Kinderkassettenrekorder ins Bad und legen die mitgebrachte Schleim-Keim-Kassette ein. Das magische Klorix, das unsere Jeans in echte Punkerhosen verwandeln soll, ist schnell gefunden. Es steht unterm Waschbecken. Daneben hängt auf einer Leine über der Badewanne ein beiges Hemd mit der Aufschrift »Polizei«. Auf einem Ärmel hat es eine Stickerei mit dem Thüringer Landeswappen. Was zum Teufel? Wäscht Mutter jetzt etwa schon die Hemden des Bullen? Heimlich, wenn ich in der Schule bin!

»Was ist das denn?« Rosa greift mit spitzen Fingern nach dem Hemd. »Sind deine Eltern etwa Bullen?«

»Nee, Quark!« Ich lache hysterisch. »Das ist vom neuen Freund meiner Mutter. Der ist Bulle. Aber dass sie seine Hemden wäscht, ist mir auch neu.«

»Und dein Vater?«, will Rosa wissen.

»Der wohnt drüben. Wir haben keinen Kontakt.«

Rosa scheint mit der Antwort zufrieden, denn sie fragt nicht weiter.

»Sollen wir?« Schüchtern lächele ich sie an. Bisher hab ich mich noch nie vor jemandem ausgezogen. Zum Glück trage ich heute keine der peinlichen, von Mutter gekauften Unterhosen mit den gestickten Wochentagen drauf.

Gleichzeitig entledigen Rosa und ich uns unserer Jeans in dem engen Bad. Ich riskiere einen kurzen Blick. Rosa trägt eine schwarze Unterhose, ganz klassisch. Ihre Jeans kommen zuerst dran. Feierlich breiten wir sie in der Badewanne aus. Das Punkfoto aus London wird als Vorlage auf dem Wannenrand platziert. Zum Gegröle von Schleim-Keim öffne ich die heilige Klorix-Flasche. Chlorbleiche steht groß darauf.

Ich presse meinen Finger auf die Öffnung und lasse kleine Spritzer auf die Hose tropfen. Sofort wechselt der dunkle Jeansstoff seine Farbe. Richtig weiß wie bei dem Punk auf dem Foto sind die entstandenen Flecken aber noch nicht.

»Sehr gut!«, kräht Rosa. »Aber wir brauchen noch mehr!«

Sie reißt mir die Flasche aus der Hand und schüttet hektisch Klorix in die Wanne. Eine Ladung Bleiche platscht auf das linke Hosenbein ihrer Jeans. In unserem Bad riecht es nach Schwimmhalle.

»Scheiße!«, schreit sie und hält die Hose senkrecht in dem Versuch, zu retten, was noch zu retten ist. Von dem Bein, wo die Bleiche gelandet ist, ziehen sich viele dicke verschlungene Streifen nach unten. Den oberen Teil der Jeans ziert ein einziger riesiger Bleichefleck.

»Sieht ganz cool aus!«, versuche ich, die ruinierte Hose schönzureden, und halte die Hand vor die Nase. Das Chlor beißt in den Schleimhäuten. Mir kommen Zweifel, ob ich meine Westjeans ebenfalls dieser Prozedur unterziehen soll. Anscheinend ist Bleichen doch nicht so einfach wie gedacht.

Rosa betrauert lautstark ihre Lieblingsjeans, während Schleim-Keim aus meinem Kassettenrekorder irgendwas über Untergrund und Anarchie grölen.

Deshalb hören wir auch nicht, wie die Badezimmertür aufgeht und plötzlich Mutter auf dem Plan steht. Sie atmet angewidert in den strengen Chlordunst, in dem ihre Tochter mit kahlrasierter Kopfhälfte und ohne Hose mit einer ebenfalls hosenlosen Punkerin mit Stachelfrisur rumhantiert.

»Hallo, Mama!«, sage ich fröhlich und versuche heimlich, meine Jeans mit einem Tritt unter die Badewanne zu befördern.

»Was ist hier los?«, will Mutter berechtigterweise wissen.

»Ähm, wir probieren was Neues aus England. Kannst du mal kurz rausgeh'n bitte, damit wir uns anzieh'n können?«

Mutters Blick verheißt nichts Gutes. Ihre hervorquellenden Augen flippen durch unser kleines Bad und bleiben immer wieder an meiner kahlen Kopfhälfte hängen.

»Darüber reden wir noch, mein Fräulein! Und mach den Krach aus!«

Schuldbewusst stoppe ich den Kassettenrekorder. Wir spülen das Klorix aus der Wanne und stecken Rosas versaute, nach Schwimmbad riechende Jeans in einen Plastikbeutel.

»Oh, oh!«, macht Rosa und deutet stumm auf Rolfs Polizeihemd.

Ich kann nicht glauben, was ich da sehe. Auf dem beigen Stoff prangen unübersehbar weiße Spritzer mitten auf der Brust.

»Ach du Schande! Das ist jetzt nicht wahr!«

»Die Bullen können ruhig auch mal'n bisschen Punkrock vertragen!«, grient Rosa.

Ich kann nicht mal mehr lachen. Ohne Nachdenken greife ich das ruinierte Hemd und flüchte mit Rosa in mein Zimmer.

Aus dem Wohnzimmer dröhnt der Fernseher auf Anschlag – Mutters Art, sich abzureagieren. Nachdem ich Rosa mit einer meiner Hosen eingekleidet hab und wir uns gegenseitig versichert haben, dass die Aktion trotz allem cool war, verabschiedet sie sich nach Hause.

Wie erschlagen liege ich auf meinem Bett und denke über den heutigen Tag nach. Vom angenehmen Bekifftsein ist nur noch bleierne Müdigkeit übrig. Mein Kopf fühlt sich an wie kalter klumpiger Griesbrei, und ein bisschen schlecht ist mir auch von dem ganzen Chlor.

Ein kleiner Teil von mir hofft, dass Rosa anruft, um sich nach mir zu erkundigen. Aber wem will ich was vormachen? Sie hat ja gar nicht meine Nummer. Außerdem ist sie vor Kurzem erst gegangen, und solche spontanen Anrufe passieren nur im Film. Als das Telefon neben meinem Bett plötzlich klingelt, bekomme ich trotzdem sofort einen Stich in die Magengrube. Janine ist dran. Natürlich.

»Aloha! Wollt' mal hören, wie's dir geht!«

»Jo, geht schon«, brumme ich und kann meine Enttäuschung, dass sie es ist, nur schlecht verbergen. »Mir is'n bisschen übel.«

»Kein Wunder, dass du dir den Magen verdorben hast bei dem ungesunden Kram, den du so in dich reinfutterst«, sagt Janine altklug und stopft sich etwas in den Mund, das knistert.

»Was raschelt denn da so?«, frage ich genervt.

»Magic Gum. Geil, oder?«

Mir wird sofort noch flauer im Magen, als ich an die Brauseteilchen mit Kaugummikern denke, die auf der Zunge prickeln wie Millionen Ameisen. So langsam könnte ich auch mal was essen. Aber ich weiß, dass sich in meinem Zimmer nichts Essbares befindet, und außerhalb drohe ich, Mutter zu begegnen.

»Mrs. Black hat gesagt, ich soll dir die Englisch-Hausaufgaben für morgen geben«, erklärt Janine den Grund ihres Anrufs. »Wir sollen unseren Traummann beschreiben!« Sie kichert albern. Ich kann hören, wie sie sich noch mehr Magic Gum in den Mund schüttet.

»Dann bin ich schnell fertig: Ich hab keinen«, knurre ich in den Hörer und denke an Rosa. Zu der würden mir tausend Sachen einfallen, aber das in Englisch vorzutragen, nein danke, das muss nicht sein!

»Was willst du damit sagen?«

»Dass ich die Hausaufgabe nicht mache!«, gebe ich unwillig zurück.

»Mann, ey, du hast ja ne Laune! Hat dir die Übelkeit jetzt auch aufs Hirn geschlagen, oder wie?«

»Sorry, ich bin … Ich muss dir noch was erzählen!«

»Ja?« Sofort hab ich Janines ungeteilte Aufmerksamkeit. Neuigkeiten saugt sie auf wie ein Schwamm. Sogar das Knistern im Hörer hat sich gelegt.

»Rat mal, wo ich heute war!«

»Zu Hause im Bett? Und dabei ist dir der Kotzeimer verrutscht, und du hast auf deinen Teppich gereihert.«

Ich pruste los. »Hör auf, Janine! Die Magengeschichte war doch nur erfunden, damit ich abhau'n kann. Du glaubst nicht, was passiert ist! Ich hab diese Punkerin kennengelernt, die mit den Stachelhaaren aus der Parallelklasse! Rosa heißt die. Erst ham wir nur so gequatscht, aber dann fragt sie mich glatt, ob ich mit ihr Schule schwänze.«

»Was, etwa als du auf dem Klo warst?«

»Ja, Mann! Die hockte da so rum. Und dann sind wir zu ihr gegangen und haben gekifft und gequatscht. Ist das nicht schrill?« Den Fortgang des Tages mit Klorix und Mutter lasse ich lieber weg, da will ich gerade nicht drüber nachdenken und schon gar nicht Janine erzählen.

Janine zeigt nicht die erhoffte Begeisterung. »Was ist los mit dir?«, bekomme ich zu hören. »Gestern schnippelst du dir deine schönen Haare ab, heute schwänzt du und kiffst dich voll mit irgend ner Punkerbraut. Pass bloß auf, dass die keinen schlechten Einfluss auf dich hat!«

»Sag mal, tickst du noch? Du kennst die doch überhaupt nicht. Herrje, du bist manchmal so eine Spießerin!«

»Das sagt man nicht!«

»Was sagt man nicht?«

»Na herrje!«

»Wieso das denn nicht?«

»Weil das ne Abkürzung für Herr Jesus ist und man den Namen des Herrn nicht unflätig in den Mund nimmt.«

Ich rolle mit den Augen. »Du bist wahrscheinlich auch schnell fertig mit der Beschreibung von deinem Traummann«, ziehe ich Janine auf. »Lange braune Haare, gepflegter Vollbart, kann auf dem Wasser geh'n.«

»Ich leg gleich auf, Lexi, das ist nicht lustig!«

»Schon gut, sorry! Jedenfalls ist Rosa total cool und …«

»Das hast du schon gesagt.« Plötzlich klingt Janine eingeschnappt. »Ich muss auflegen, hab noch Hausaufgaben zu machen.«

»Alles klar, dann bis morgen!«

Ich knalle den Hörer auf. Alte Spielverderberin! Endlich passiert mal was Gutes, da muss Janine mir die Laune vermiesen. Die ist doch bloß neidisch. Ruft sie an wegen so einer blöden Hausaufgabe! Soll ich mich morgen in Englisch etwa hinsetzen und was vorlügen über meinen »Traummann«? Dann könnte ich mir selber nicht mehr in die Augen schauen. Als Kind dachte ich immer, das wär mein Papa. Aber unter einem Traummann stell ich mir niemanden vor, der einfach abhaut und einen sitzenlässt.

Ich lange unter mein Bett, wo ich meinen Englischhefter vermute, vielleicht kann ich was über meinen Traummenschen schreiben. Traummensch, das klingt doch ganz gut.

Meine blind umhertastende Hand stößt an etwas Hartes, das sich wie ein Buch anfühlt. Ich ziehe es hervor und betrachte überrascht den roten Einband. *Staatlichkeit und Anarchie* steht darauf. Mein Mund verzieht sich zu einem breiten Grinsen: Bakunin, Rosas Bibel! Sie muss ihn mir heimlich untergeschmuggelt haben oder hat ihn über der Klorix-Aktion vergessen mitzunehmen. Mit schwitzigen Händen blättere ich die Seiten an einer x-beliebigen Stelle auf.

Ein Satz springt mir entgegen, weil er dick mit Kuli unterstrichen ist:

»Es kann keine Revolution geben ohne weitreichende, leidenschaftliche Zerstörung [...], weil nämlich aus ihr und nur durch sie neue Welten entstehen.«

Ich lese den Satz noch ein paarmal, aber verstehe ihn trotzdem nicht. Was für eine neue Welt soll denn bitte aus Zerstörung entstehen? Also wie sollte die aussehen?

Ich hab mal in einem Wutanfall meinen Walkman voller Wucht an die Wand gedonnert, weil er meine Lieblingskassette von Bon Jovi gefressen hatte. Danach ist nichts Tolles passiert, der war einfach nur kaputt. Ich konnte solange keine Musik hören, bis Mutter sich erbarmte und mir eine Stereoanlage zum Geburtstag schenkte.

Gut, es hatte etwas Befreiendes, den Walkman an die Wand zu schmeißen, ich glaube aber nur für ein paar Sekunden. Die übrige Zeit hab ich mich eigentlich nur über mich selbst geärgert. Wenn man die paar Sekunden jedoch mitzählt, dann hat Zerstörung vielleicht schon was Befreiendes und Leidenschaftliches an sich, das kann ich ein bisschen nachvollziehen. Puh! Und sowas liest die?

Ich blättere weiter. An einer anderen Stelle hat Rosa selbst einen Satz mit Kuli an den Seitenrand gekritzelt, offenbar auch ein Bakunin-Zitat.

»Wenn Gott existiert, ist der Mensch ein Sklave; der Mensch kann und soll aber frei sein: Folglich existiert Gott nicht« (Bakunin, Gott und der Staat).

Geil, damit kann ich schon eher etwas anfangen! Das sollte mal einer Janine verklickern, die mir langsam, aber sicher auf den Geist geht mit ihrem Jesus-Tick.

Das Buch steckt voll solcher ketzerischer Gedanken: Gegen Gott sein und gegen den Staat und die Obrigen, Zerstörung als etwas Gutes und Befreiendes ansehen – ich ahne, dass ich so etwas in der Schule oder von Mutter nie zu hören kriegen werde. Mir ist, als hätte ich eine geheime Schrift der Unterdrückten und Entrechteten in die Hände gespielt bekommen, deren Besitz früher mit Gefängnis oder schlimmer noch, dem Tod, bestraft wurde. Gedanken wie die Bakunins auch nur zu denken, entzweit mich automatisch von der spießigen Gesellschaft und hat das Potenzial, mächtig Aufruhr zu stiften, das spüre ich. Atemlos lese ich Bakunin, bis mich der Hunger schließlich doch aus meinem Zimmer treibt.

Vorsichtig luge ich in unseren vollgestellten Flur. Seltsam, aus dem Wohnzimmer ist kein Mucks zu hören. Vielleicht ist Mutter ja vor dem Fernseher eingepennt? Auf Zehenspitzen schleiche ich in die Küche.

Unser Kühlschrank fasst nur ungefähr ein Drittel im Vergleich zu den Lebensmittelvorräten der Distelhefts, die im Falle eines plötzlichen Atomkriegs keine Probleme hätten zu überleben, ohne das Haus verlassen zu müssen. Ich will auch überleben. Deshalb schmiere ich mir zwei Käsebrote, die ich jeweils dick mit einem A im Kreis aus meiner Lieblingsremoulade verziere. Ich hab immer noch keinen Schimmer, was das genau heißen soll, jedenfalls hat es mit Punk zu tun und sieht geil aus.

Ich will die Brote gerade in mein Zimmer schmuggeln, als die Klospülung ertönt und Mutter keine Sekunde später aus dem Bad kommt.

Bei meinem Anblick bleibt sie wie angewurzelt stehen und kneift wie geblendet die Augen zusammen, obwohl unsere Flurlampe eher ein schmutzig-gelbes Licht macht. Aber es reicht wohl aus, um meine neue Frisur hinreichend in Szene zu setzen.

»Du siehst furchtbar aus, weißt du das?« Mit einer verzweifelten Geste rauft Mutter sich mit beiden Händen die Haare. »Das hat dir deine neue Freundin in den Kopf gesetzt, wie?«

»Nee, ich bin von allein auf die Idee gekommen!«, gebe ich schnippisch zurück.

»Ach so, das macht es natürlich besser! Wieso um alles in der Welt hast du dir die Haare abgeschnitten? Und dann nur auf einer Seite? Ich versteh's nicht!«, fordert Mutter eine Erklärung.

Ich will ansetzen, ihr von den Gedanken zu erzählen, die mir an dem Abend durch den Kopf schossen. Dass ich mich verlassen gefühlt hab von Papa und überhaupt verloren wegen der ganzen Pubertätsscheiße. Und dass Mutter keine große Hilfe ist, weil sie sich lieber mit Sekt beschickert und versucht, mir einen Bullen als Ersatzvater unterzujubeln, mit dem ich nicht das Geringste gemein hab.

Während ich noch nach dem passenden Aufhänger suche, um das Ganze in Worte zu fassen, sagt Mutter: »Warte nur, bis der Rolf dich sieht. So seh'n immer die Leute aus, die auf sein Revier gebracht werden.«

»Der hat mir gar nix zu sagen!«, schieße ich zurück. »Der ist vielleicht dein Stecher, aber das macht ihn noch lange nicht zu meinem Erziehungsberechtigten!«

»Pass auf, was du sagst!«, schnaubt Mutter, aber sie klingt müde dabei. »Und wer war die junge Dame von heute Nachmittag?«

»Das war Rosa, die geht in meine Parallelklasse«, verkünde ich nicht ohne Stolz.

»Ah, eine Mitschülerin also.« Das scheint Mutter ein wenig zu beruhigen. »Was habt ihr denn da gemacht vorhin? Das ganze Bad stinkt nach Chlor, nicht zum Aushalten!«

»Wir wollten Rosas Hose mit Klorix behandeln. Das ist ein Modetrend aus England. Aber es hat nicht geklappt.«

»Das hätte ich dir auch gleich sagen können! Die Chlorbleiche zerfrisst früher oder später die Fasern. Die Klamotten kannst du nur noch wegschmeißen. Ich hoffe, du kommst nicht auf solche dummen Ideen mit deinen schönen Westjeans!«

»Nee, Quatsch«, beeile ich mich zu sagen und denke an Rolfs versautes Uniformhemd, das zerknüllt unter meinem Bett liegt.

Mutter starrt auf den Teller in meinen Händen mit den Käsebroten darauf. Die fettglänzenden As im Kreis laufen langsam an den Seiten aus.

»Du probst wohl jetzt den Aufstand als Gesetzeslose?«, bemerkt sie halbernst.

»Was meinst du?«

»Na wegen der Anarchie! Keine Gesetze, keine Herrschaft.« Sie nickt zu den hingeschmierten Fettzeichen auf meinen Broten.

»Klar!« Ich lasse mir nicht anmerken, dass ich bis vor einer Sekunde keine Ahnung hatte, was das A im Kreis eigentlich bedeuten soll. Anarchie also, das macht Sinn. Dann passt alles zusammen, auch mit Bakunin, der ja Anarchist ist.

»Woher weißt *du* denn, was das heißt?«, argwöhne ich, als dürften nur Eingeweihte und Punks um das Geheimnis des A im Kreis wissen.

»Tja, ich hatte Staatsbürgerkunde. Da wurde die Anarchie immer angeführt als Produkt des bösen kapitalistischen Westens«, lacht Mutter. »Dann lass dir deine gesetzeslosen Brote mal schmecken«, fügt sie in versöhnlicherem Ton hinzu und gähnt.

»Gute Nacht!«, sage ich und will in meinem Zimmer verschwinden.

Da steht Mutter plötzlich auf der Schwelle. »Hast du ne Ahnung, wo Rolfs Diensthemd hingekommen ist? Das hatte ich heute Morgen doch ins Bad gehängt.«

Das Hirn sackt mir in den Bauch. »Hängt es denn da nicht mehr?«, mime ich die Unschuld vom Lande, doch mein puterrot angelaufenes Gesicht spricht eine andere Sprache.

»Nein, es hängt da nicht mehr!« Mutter runzelt die Stirn. Der Nachteil daran, nur zu zweit zu wohnen, ist: Wenn etwas wegkommt, was man nicht selber weggeräumt hat, weiß man sofort, wer es gewesen sein muss. »Wo ist das Hemd, Alexa?«

»Es ist was … passiert«, räume ich zerknirscht ein. Ich stelle die anarchistischen Käsebrote auf meinem Bett ab und krieche halb darunter, um das gebunkerte Hemd ans Licht zu zerren.

Währenddessen hat Mutter sich im Türrahmen aufgebaut, die Fäuste in die Hüfte gestemmt. Jetzt setzt sie sich in Bewegung und reißt mir das zerknüllte Hemd aus den Händen.

»Was habt ihr damit gemacht?«, ruft sie entsetzt.

Die Bleicheflecken, die sich in das Beige der Uniform fräsen, scheinen seit heute Nachmittag sogar noch eine Spur heller geworden zu sein. Das Klorix macht einen Bombenjob.

»Was für ein Mist!«, keift Mutter. »Das Hemd ist hinüber. Was soll ich Rolf jetzt sagen?« Von ihrer vorherigen Freundlichkeit ist nichts mehr zu spüren.

Ich zucke mit den Schultern. Die Bullen haben doch bestimmt dutzende Dienstuniformen. So schlimm wird ein ruiniertes Hemd also schon nicht sein.

Aber Mutter sieht nicht so aus, als würde sie sich bald wieder abregen wollen. »Das hätte ich nicht von dir gedacht, Alexa«, sagt sie jetzt etwas leiser, aber dafür in umso böserem Ton.

»Was?«

»Dass du so gemein und kindisch bist! Wenn du ein Problem mit Rolf hast, dann rede gefälligst mit mir darüber, aber lass es nicht an seinen Sachen aus, klaro?«

»Das war keine Absicht, echt nicht! Wir haben wild mit dem Klorix rumhantiert, dabei müssen die Flecken draufgekommen sein.«

»Das kannst du deiner toten Omma erzählen«, zischt Mutter. »Deine Punkerfreundin fand es doch bestimmt mordswitzig, ein Polizeihemd zu ruinieren! Gib's zu, du wolltest die damit beeindrucken!«

Stimmt, besonders betrübt sah Rosa über die Flecken tatsächlich nicht aus. Beim Gedanken an unsere Bleichaktion ohne Hosen muss ich unwillkürlich grinsen.

»Was gibt's da zu lachen?«, brüllt Mutter.

Bevor ich antworten kann, fällt, wumms, die zugeschlagene Zimmertür in mein Grinsen. Sekunden später dröhnt schon wieder der Fernseher aus dem Wohnzimmer. Das Hemd bleibt achtlos auf dem Fußboden zurück.

Wenn Mutter sich nicht mal mehr die Mühe macht, es mitzunehmen, ist es wirklich offiziell Müll. Ich klaube es auf und verstecke es zwischen den T-Shirts in meinem Kleiderschrank. Dann setze ich mich aufs Bett und verschlinge die Käsebrote. Noch nie hat Anarchie so gut geschmeckt.

Kapitel 7

»Mein Traummann ist liebevoll, witzig und ein guter Vater. Und ihm ist Geld nicht so wichtig und Autos auch nicht, sondern das Wohl seiner Familie«, trägt Janine in ihrem besten Schulenglisch vor.

Amen, denke ich. Besser hätte es sich eine Kitschroman-Autorin auch nicht ausdenken können.

Mein Englischhefter ist unter der Frage »Wie stellst du dir deinen Traummann vor?« leer geblieben. Ich hab schon gestern beschlossen, das Risiko einzugehen, mit der Aufgabe dranzukommen und dann sagen zu müssen, dass ich Magenprobleme hatte und mir zu übel war, um Hausaufgaben zu machen. Stattdessen hab ich die halbe Nacht Bakunin gelesen und mir ganze Passagen mit dem Füller daraus abgeschrieben. Die Anarchistenbibel wartet nun in meinem Rucksack zwischen braven Schulbüchern darauf, an ihre bunthaarige Besitzerin zurückgegeben zu werden.

In der Hofpause halte ich angestrengt Ausschau nach Rosas grünem Stachelkopf, horche auf den Gängen auf das rhythmische Schlappen ihrer Springerstiefel, doch vergebens.

Janine erzählt mir was von ihrem Teenie-Kreis. Über diesen einen Typen da, den ich auch schon kennengelernt hab, Leo oder so. Aber es scheint, als hätte mein Gehirn keine Kapazitäten mehr, um Informationen aufzunehmen, die nicht mit Rosa in Zusammenhang stehen. Als ich nur »Hms« und »Ach jas« verlauten lasse, gibt Janine schließlich entnervt auf.

»Sag mal, hast du was?«, will sie wissen und beäugt mich aufmerksam wie ein zu knackendes Forschungsobjekt.

»Was soll ich denn haben?«, brumme ich abwesend.

»Du wirkst irgendwie durchgeknallt. Wie in ner Parallelwelt oder so.«

»Hm-hm, kann schon sein.«

»Kommt bestimmt vom Kiffen!«, erwidert Janine spitz.

Darauf gehe ich nicht ein und widme mich wieder meinem Gedankenkarussell. Ohne wenigstens die Möglichkeit, Rosa über den Weg laufen zu können, macht die Schule nur halb so viel Spaß.

Zu Hause wirbeln meine Gedanken weiter. Warum kam sie heute nicht in die Schule? Und viel wichtiger: Was hat sie stattdessen gemacht? Den ganzen Vormittag in ihrer Bude gehockt und gekifft? Obwohl ich die Vorstellung nicht sonderlich reizvoll finde, wär ich trotzdem gern dabei gewesen.

Ich schmeiße die Schleim-Keim-Kassette ein, die ich mir von Rosa überspielt hab, und versuche, an etwas anderes zu denken. Doch sofort taucht sie wieder in meinem Kopf auf, hopst wie eine Verrückte zu dem räudigen Punk durch ihr Zimmer und will mich durch wildes Anrempeln zu noch härterem Pogo aufstacheln.

Ich frage mich, wie mein Vater sie wohl fände. Schon sehe ich Rosa mit meinen Eltern auf unserer Wohnzimmercouch hocken, die bestrumpften Beine brav übereinandergeschlagen, wie sie höflich den ihr angebotenen Sekt lobt und Bitte und Danke sagt. Ich bin mir sogar sicher, dass mein Vater und Rosa sich sympathisch wären, weil beide Querköpfe sind und einen ähnlichen Freiheitsdrang besitzen.

Ich drehe die Musik wieder aus und spinne eine Weile auf meinem Bett vor mich hin. Freiheit gut und schön, aber noch immer könnte ich das kalte Kotzen kriegen, dass mein Vater so egoistisch war, allein in den Westen abzuhauen. Unangenehme Gedanken drängen sich auf, der Sorte, dass er Mutter und mich vielleicht auch verlassen hätte, wenn er in der DDR geblieben wäre. Ich balle die Hände zu Fäusten, um nicht an die Decke zu gehen.

Kurzerhand beschließe ich, meinem Vater zu schreiben und ihn all das zu fragen, was mich beschäftigt. Den Brief kritzele ich auf ein paar Seiten meines Schulblocks, mehr hat mein Vater nicht verdient! Der Kuli drückt die dünnen Blätter nach außen, so sehr wollen die Worte aufs Papier. Am Ende sind es drei eng beschriebene Seiten, für die ich nur knapp eine Stunde gebraucht hab. Meine Deutschlehrerin wäre stolz auf mich!

Ich bombardiere meinen Vater mit Fragen und spare auch nicht mit meiner Meinung zu seinem unrühmlichen Abgang. Anschließend schreibe ich ihm einfach, was mit mir in den letzten paar Jahren so passiert ist, was er alles verpasst hat. Dass ich Schnellste im Rennen war, dass ich Gitarre spielen lernen wollte, aber die Leute in der Musikschule zu snobistisch fand, sodass Mutter mich gleich am ersten Tag wieder abmelden musste. Dass ich mir stattdessen beigebracht hab, wie man den Moonwalk tanzt. Inspiriert von den Stunden, die ich vor MTV verbracht hab, dem Besten eigentlich, das uns der Westen beschert hat: die Gnade des Musikfernsehens.

Ich schreibe den Brief so, als würden mein Vater und ich uns kennen. Dabei kennt er mich nur als Siebenjährige und hat sich dann verkrümelt. Von den anderen, körperlichen Veränderungen, die mich inzwischen von siebenjährigen Mädchen unterscheiden, schreibe ich ihm lieber nicht, davon braucht er nichts zu wissen. Aber ich erzähle ihm, dass ich was von Bakunin gelesen hab und wie ich über Punks denke. Den Briefumschlag verziere ich mit einigen Anarchie-As und einer Katze mit Iro.

Als ich seine Adresse vorne draufschreiben will, fällt mir ein, dass ich die gar nicht hab! Ich schieße von meinem Bett hoch und wühle alle Schubladen durch. Irgendwo müsste noch ein alter Brief von ihm liegen, dachte ich zumindest. Aber ich kann ihn nirgends finden. Und wenn ich ihn fände, wäre er wahrscheinlich auch so alt, dass die Absenderadresse vielleicht gar nicht mehr existiert. Bleibt nur Mutter.

Natürlich frage ich Mutter nicht direkt, sie würde nie nüchtern mit mir über meinen Vater reden. Ich frage ihren Karton, in dem sie Erinnerungsstücke, Fotos und Briefe aufbewahrt. Der steht gut verstaut zwischen ihren Sommerkleidern, in die sie nicht mehr reinpasst, aber aufhebt, für den unwahrscheinlichen Fall, dass sie doch noch mal zu ihrer früheren Form zurückfindet. Sie denkt, ich wüsste nicht, wo sie den Karton versteckt hält, aber ich weiß es. Mutter ist heute auf irgendeiner Versammlung und meinte: »Kann spät werden«. Ich hab also Zeit.

Der Karton platzt fast aus allen Nähten. Als ich ihn öffne, sehe ich, warum: Es sind neue Briefe dazugekommen. Ich nehme den erstbesten in die Hand, und mir ist, als verströme er den Duft eines sehr männlichen Rasierwassers. Der Brief ist mit blauem Füller verfasst, was wohl edel wirken soll, und enthält sehr detaillierte Beschreibungen, was der Absender mit ein paar Körperteilen meiner Mutter zu tun gedenkt, wenn er und sie sich wiedersehen.

Angeekelt stecke ich ihn zurück in den Umschlag und wühle in den unteren Briefen. Bingo! Da ist ein alter von meinem Vater. Ich notiere mir seine Adresse und verpacke alles wieder so, wie ich es vorgefunden hab.

Als ich den Brief Mittwoch früh auf dem Weg in die Schule einwerfe, fühle ich mich schon besser. Obwohl Rosa auch an diesem Tag nicht auftaucht. Ich geh sogar wieder in der Dritten während des Unterrichts aufs Klo, aber keine Punkerin hockt heimlich in einer der Kabinen und plant die Weltrevolution.

Donnerstag dasselbe Spiel. Gespannt wie ein Flitzebogen laufe ich durch die Gänge. Bei jedem Fleckchen, das grün aufleuchtet, setzt mein Herz einen Schlag aus. Man glaubt gar nicht, wie viele Dinge auf dieser Welt grün sind. Aber jedes Mal, wenn ich feststelle, dass es sich nicht um die Haare einer gewissen Punkerin handelt, sinkt meine Laune schlagartig, und ich verliere die Lust auf alles, auf das ich mich bis dahin gefreut hab.

Dafür taucht Donnerstagabend Rolf bei uns auf. Mutter hat ihn zum Abendessen eingeladen, um ihren Traum zu verwirklichen, dass er und ich uns besser kennenlernen. Ich bin wenig scharf drauf, auch, weil die Hemdsache noch nicht geklärt ist. Mutter hat die letzten drei Tage nur das Nötigste mit mir gesprochen. Aber sie wird Rolf schon gesteckt haben, dass ich seine Uniform ruiniert hab, da bin ich mir sicher.

Als Rolf mir zur Begrüßung seine behaarte Hand hinstreckt, ist ihm nicht anzumerken, ob er es weiß oder nicht. Er trägt ein sauberes kariertes Hemd und sieht aus, als ob er seinen Bullenschnäuzer frisch gestutzt hat. Auch Mutter hat sich mächtig ins Zeug gelegt, die Wimpern getuscht und Bockwürste aufgebrüht. Damit der Bulle was Anständiges zwischen die Kiemen kriegt. Aber erst mal isst Rolf nichts, sondern produziert mit seinen Kiemen stumme Ah- und Oh-Laute beim Anblick meiner neuen Haarfrisur.

»Alexa, so kenn ich dich ja noch gar nicht!«, findet er zu meinem Leidwesen doch seine Stimme wieder. Man kann deutlich sehen, wie sehr er bemüht ist, seine Abneigung zu verbergen. »Hast du etwa eine Wette verloren?«, scherzt er lahm und hofft vielleicht, dass es tatsächlich der Fall ist.

»Nee, die hab ich mir aus Überzeugung abgeschnitten«, mache ich seine kleinen Hoffnungen zunichte und muss daran denken, wie er mir neulich ungefragt in die Haare gefasst hat.

»Die wachsen ja wieder!«, tröstet Mutter sich selbst und Rolf gleich mit.

Keiner fragt nach meinen Überzeugungen.

»So, nun langt zu, bevor's kalt wird!«, gibt Mutter die Fürsorgliche mit einer Freundlichkeit, die sie seit unserem Hemdgespräch nicht mehr an den Tag gelegt hat.

Ich bekomme einen lauwarmen Kochpimmel auf den Teller geladen, dessen Verzehr ich ebenso lustlos entgegensehe wie einer Unterhaltung mit Rolf.

Der Bulle fängt an, irgendwas von seinem Dienst zu erzählen. Es geht um einen Fall, den er gerade bearbeitet. Ein Typ hat im Suff einen andern erschlagen, der ihm blöd gekommen ist. Dafür wird er nun von seiner Familie und dem Rest der Kleinstadt geächtet, was Mutter und Rolf völlig richtig finden.

Ohne von meinem Teller aufzusehen, sage ich: »Also, ich würde keinen Mörder moralisch beurteilen wollen, weil mir das nicht zusteht. Wenn, sagen wir, ne Freundin von mir jemanden umgebracht hätte, dann würde ich trotzdem weiter mit der rumhängen und so. Denn daran, dass wir uns gut versteh'n und die gleichen Ansichten haben, ändert ja ihr Mord nichts. Das ist dann ihre Privatsache.«

Rolfs Besteck sinkt klirrend auf den Teller. Fast vergisst er zu kauen.

Mutter hat ihre Fassung schneller wiedergefunden. »Was redest du da für einen Blödsinn?«, fährt sie mich an, und ihre mühevoll aufgebaute freundliche Fassade ist mit einem Wisch dahin. »Wenn ich morgen meinen Chef umbringe, so richtig blutrünstig mit einem Küchenmesser und dutzenden Stichen, dann hat das gar keinen Einfluss auf unser beider Verhältnis willst du mir erzählen?!«

»Wenn du deinen Chef umbringen willst, hab ich dafür vollstes Verständnis«, erwidere ich spitzfindig. »Meinen Segen hast du.«

»Weißt du, was du da sagst, Alexa? Töten ist eine schlimme Sache«, gibt Rolf zu bedenken, dessen zweite Bockwurst auf seinem Teller darauf wartet, in mundgerechte Stücke geschnitten und verspeist zu werden.

Ich ahne, dass diese Diskussion nirgendwohin führen wird. Ob ich wirklich eine Mörderin zur Freundin haben wollen würde, wag ich zu bezweifeln, aber hier geht es schließlich nur darum zu provozieren.

»Eure Moral ist so heuchlerisch und verlogen!«, leg ich deshalb nach. »Was geht's euch an, wenn einer einen umgebracht hat? Ich versuche, Menschen nicht nach ihrer Vergangenheit zu beurteilen, sondern nur nach ihren Gedanken und Anschauungen. Es gibt kein unverbrüchliches ›Du sollst‹ für einen freien Menschen!«, gebe ich wieder, was ich bei Bakunin gelesen hab. Auch wenn ich nicht ganz kapiere, was es bedeuten soll. Gut klingen tut es jedenfalls.

»Wo hast du diesen Schwachsinn her? Etwa aus der Bibel?« Mutter schickt einen misstrauischen Blick über den Tisch.

»Du sollst nicht töten, du sollst nicht ehebrechen, du sollst …«, zitiere ich ungerührt.

»Jaja, schon gut!« Mutter muss schmunzeln, aber versucht, jede nach oben gerichtete Bewegung ihrer Mundwinkel niederzukämpfen. »Du hast es nicht aus der Bibel, immerhin!«

Rolf hat seine hohe Stirn in Falten gelegt und sieht aus, als ob er einen besonders bedeutungsvollen Gedanken ausbrütet. »Pass auf, dass du dich nicht den falschen Leuten anschließt«, gibt er mit gewichtigen Pausen zwischen den einzelnen Wörtern von sich und starrt dabei auf meine rasierte Kopfhälfte. »Die Freiheit eines Einzelnen sollte nie auf Kosten von anderen gehen. Wenn jeder machen könnte, was er will, wo kämen wir denn da hin?« Er lacht dröhnend, was wohl befreiend wirken soll.

Mutter stimmt nach kurzem Zögern mit ein.

Deshalb bist du auch Bulle geworden, denke ich und beschließe, gar nichts mehr zu sagen.

Mutter und Rolf gehen anscheinend davon aus, mich rhetorisch überzeugt zu haben, und widmen sich wieder ihren Rindswürsten. Das Abendbrot endet, ohne dass Rolf mich auf sein Hemd anspricht. Ich gehe in mein Zimmer und lese in Rosas Buch noch einmal die eben zitierten Stellen nach. Guter alter Bakunin!

Freitag hab ich Glück. Nachdem ich die Anarchistenbibel nun schon drei Tage umsonst mit in die Schule geschleppt hab, sehe ich von Weitem Rosas grüne Stachelhaare in der Raucherecke leuchten, als ich über den Schulhof trotte. Ganz allein steht sie da und fügt der kalten Morgenluft weißliche Rauchschwaden hinzu. Am liebsten würde ich das Bild festhalten. Mit klopfendem Herzen gehe ich zu ihr.

»Ey, Lexi!« Ich werde umarmt zur Begrüßung und bekomme ein Küsschen auf die Backe. »Schön, dich zu seh'n!«

»Wo hast du dich denn versteckt?«, stammle ich und versuche, erfolglos zu verhindern, dass ich rot anlaufe. *Ich hab dich vermisst*, füge ich in meinem Kopf hinzu.

»Ich war doch krank!«, zwinkert Rosa und zieht quietschfidel an ihrer Kippe.

»Ach ja, ich ja auch«, erwidere ich mit glühenden Wangen. »Ich war nur so doof, Dienstag wieder in die Schule zu geh'n.«

Rosa lächelt mich an und knistert mit der Folie ihrer Kippenschachtel.

Wir stehen rum und schweigen. Komisch, auf einmal ist es, als wären wir wieder zwei Fremde. Als hätten wir nicht zusammen ohne Hosen in meinem engen Bad gestanden oder auf Rosas Bett nebeneinander gelegen und uns beim Kiffen fast bepisst vor Lachen.

»Darf ich mal zieh'n?«, frage ich schließlich, weil ich nicht weiß, was ich sonst sagen soll. Jetzt rauche ich sogar schon vor Verlegenheit, soweit ist es gekommen!

»Klar!« Rosa hält mir ihre fast aufgerauchte Kippe an den Mund. Ihre kalten Finger berühren meine Lippen.

Hastig sauge ich den heißen Qualm ein und unterdrücke den Hustenreiz. Unsere Blicke treffen sich. Die hat ja grüne Augen, fällt mir auf.

»Ich hab dir was mitgebracht«, erwähne ich beiläufig und hole den Bakunin aus meinem Rucksack.

»Und? Was sagste?«

»Echt geil! Dieser Teil, wo er über die Selbstbestimmung des Menschen schreibt …, wie war das? Es gibt kein unverbrüchliches ›Du sollst‹ –«

»… für einen freien Menschen!«, beendet Rosa den Satz feierlich.

»Das hab ich gleich dem Bullenfreund meiner Mutter unter die Nase gerieben – Killer!«

Rosas Mundwinkel verziehen sich zu einem breiten Grinsen. »Was machst'n heut Nachmittag?«, will sie wissen.

Ich versuche, mir irgendwas einfallen zu lassen, um nicht als die Langweilerin schlechthin dazustehen, die für Freitagnachmittag nach der Schule noch keine Pläne hat. Aber ich kann keinen brauchbaren Gedanken fassen. »Ich häng so ab«, sage ich deshalb cool.

»Klingt gut. Haste Lust, mit zum Markt zu kommen? Dann können wir zusammen abhängen. Lernste mal die andern kennen.«

Wer die andern sind, weiß ich ja schon. Die zwei Punks, die mich vor den fiesen Nazis gerettet haben. Rosas Clique. »Bin dabei«, sage ich, ohne nachzudenken.

»Nach der Sechsten an der Turnhalle?«

»Abgemacht!« Mein Herz macht einen Sprung.

Rosa streift mich mit einem Lächeln so warm, dass es für diesen kalten Oktobermorgen reicht und für die folgenden sechs Stunden Unterricht gleich noch mit.

In der Sechsten haben wir Mathe. Ich hänge schräg auf meinem Stuhl und träume vor mich hin, den Kopf aufgestützt. Die Klassengeräusche schwappen monoton an mein Ohr und sind zum bloßen Hintergrundrauschen verkommen. Ein armer Tropf ist zum Vorrechnen an die Tafel beordert worden. Ich bin froh, dass nicht ich da stehen muss. Die letzten zehn Minuten war ich damit beschäftigt, Anarchie-As und Punkerinnen mit Stachelhaaren in mein Heft zu malen.

»Los, sag mal, was bei der Gleichung rauskommt«, knufft mich Janine an, die in Mathe eine noch größere Niete ist als ich.

»Keine Ahnung«, zische ich zurück, ohne die Position meines Kopfes auch nur einen Millimeter zu verändern.

Janine gibt ihre Kommunikationsversuche schließlich auf und lässt mich einfach in meiner Blase.

Endlich, endlich läutet es zum Wochenende! Mit dem Gongschlag erwache ich sofort zum Leben, kralle mir meinen Rucksack und bin noch vor den lärmenden Schülerkarawanen, die sich zu den Bushaltestellen wälzen, zum Schulgebäude hinaus.

Auf dem Weg zur Turnhalle überprüfe ich noch mal kritisch mein Outfit: NVA-Stiefel meines Vaters, Westjeans, Westjeansjacke und darunter ein alter grauer Pulli, auf den ich mit roter Lackfarbe ein A in einem eiförmigen Kreis gesprüht hab. Ich fahre mir über die rasierte rechte Kopfhälfte und verleihe mir selbst das Prädikat punkertauglich.

Kapitel 8

»Da vorne sind sie!« Rosa nickt zum alten Brunnen auf dem Marktplatz und setzt ein breites Grinsen auf.

Schon aus hundert Meter Entfernung dringt monotones Uffta-Uffta an unsere Ohren. Der Lärm kommt von einem Ghettoblaster, aus dem ohrenbetäubender Punkrock den Markt beschallt. Zwei Punks hocken darum wie um die heilige Kuh: Der Kleine mit Iro und Schnauzbart, der, glaub ich, Strauch hieß, und der Schlaksige mit Strubbelhaaren, der in Wildwest-Manier ein schwarz-rotes Dreieckstuch um den Hals gebunden hat.

»Ey, das ist ja ne Überraschung!« Der Schlaksige steht auf und küsst Rosa direkt auf den Mund.

Ich bin perplex. Begrüßen die sich alle so? Eifersüchtig beobachte ich, wie der Kleine mit Iro Rosa ein Küsschen auf die Backe drückt. Ich bin irritiert, aber komme nicht dazu, meine durcheinander schießenden Gedanken zu ordnen.

»Leute, das ist Lexi!«, werde ich vorgestellt.

»Moin, Zecke!«, grinst der Kleine mit dem Iro mir frech ins Gesicht.

»Moin!« Der ist mir sofort sympathisch.

»Sag mal dem Strauch richtig Hallo!«, fordert der Kleine mich auf und umarmt mich wie einen alten Kumpel.

Der Schlaksige hält mir förmlich die Hand hin: »Ich bin Armin.«

Ich schlage ein und drücke seine langen, feingliedrigen Finger. »Künstlerfinger« würde Mutter jetzt sagen. Sie behauptet, sie könne es an den Händen ablesen, ob jemand in seinem Leben schon mal was gearbeitet hat. Das brächte ihr Sozialamtsjob mit sich. Wir setzen uns dazu und lassen unsere schweren Stiefel lässig vom Brunnenrand baumeln.

»Endlich Feierabend!«, verkündet Strauch und zündet sich erst mal eine Kippe an.

»Was machst'n du?«, frage ich neugierig.

»Ich jobb in der Videothek von meinem Onkel. Hier!« Er hält mir eine hässliche Schirmmütze mit der Aufschrift »Video 2000« hin. »Die muss ich bei der Arbeit tragen, um meinen Iro zu verdecken. Ich hab keinen Bock mehr auf die Scheiße, echt!«

Armin grinst spitzbübisch und lässt seine schlanken Finger knacken. »Mach's doch wie ich: Für diesen Staat keinen Finger krumm!«

»Der kriegt Sozi!«, erklärt mir Rosa. »Aber macht auch sonst keinen Finger krumm.« Sie knufft ihn in die Seite.

»Ey, wer hat'n dir gestern Frühstück gemacht?«

»Ne halbe Tomate und'n Butterbrot mit Salz, na danke!« Rosa verzieht spöttisch ihr Gesicht.

Ich fühle einen Stich in der Magengrube. Dann war der Kuss der beiden eben nicht bloß ein Ritual. *Scheiße*, denke ich. Scheiße, scheiße und noch mal scheiße!

Während Rosa und Armin sich gegenseitig aufziehen und Strauch stumm sein Feierabendkippchen raucht, starre ich mit einem Anflug von Wehmut auf den Marktplatz. In der trüben Oktobersonne liegt er träge ausgebreitet da wie ein graues Fell.

Die alte Kaufhalle gegenüber sieht darauf aus wie ein Relikt aus einer längst vergangenen Zeit. Ist sie ja auch, fällt mir ein, und ich muss doch ein bisschen grinsen. Um ihre Ecke biegt jetzt ein Punk. Ein großer breitschultriger mit aufgestelltem Iro und klimpernden Ketten an den Stiefeln. Der steuert direkt auf uns zu und wird mit großem Hallo begrüßt.

»Na endlich, Lupo! Ham die das Bier erst gebraut oder wie?«, ruft Strauch und springt auf vor Begeisterung.

Der fremde Punker knallt seinen Armeerucksack vor uns auf den Asphalt, und vier Paar Hände grapschen gleichzeitig nach den darin befindlichen Dosenbieren.

»Auch eins?« Der Punk schaut mich belustigt an.

Unheimlich gut sieht der aus, so leicht gebräunt und verwegen, als würde er den Großteil seiner Tage auf der Straße zubringen. Der hat bestimmt einen Schlag bei den Mädels. Und einen Blick hat der drauf …, so krass stechend und in den Kopf eindringend. Als wüsste er was über mich, was ich noch nicht weiß.

Eigentlich hätte ich mir einen feierlicheren Anlass gewünscht, um das erste Bier meines Lebens zu trinken, aber was soll's! Irgendwie muss ich doch die »Scheiße«-Banderole, die gerade in meinem Kopf abspult, wieder zum Anhalten bringen.

»Klar«, sage ich deshalb, »her damit!«, als wäre das mein soundsovieltes Bier. Ich knacke die Dose, deren Inhalt mir schaumig entgegenquillt. Das Zeug ist lauwarm und schmeckt so bitter, dass ich Mühe hab, mein Gesicht nicht zu verziehen. Und das trinken Leute freiwillig? Die nächsten Schlucke gehen schon etwas besser. Das Herbe auf der Zunge lässt langsam nach. Dafür breitet sich ein warmes Gefühl in meinem Bauch aus. Vielleicht täusche ich mich, aber kommt es mir schon gar nicht mehr so schlimm vor, dass Rosa anscheinend mit Armin zusammen ist? Auf Verdacht hin nehme ich gleich noch einen Hieb.

»Huch, da hat aber jemand Durst!«, bemerkt Rosa.

»Jep«, mache ich bloß und gebe mir keine Mühe, ein Gespräch anzufangen.

Rosa guckt noch ein bisschen. Aber als ich nichts weiter sage, wendet sie sich wieder Armin zu, der begeistert von einer anarchistischen Kommune in Mexiko erzählt.

Strauch und Lupo verlegen sich darauf, Noten für die vorbeilaufenden Frauen abzugeben und werden dafür von Rosa und Armin als »Chauvischweine« beschimpft. Aber ihr Spiel erschöpft sich schnell. Denn die meisten der vorbeiziehenden Passanten sind männliche Spießer, sechzig plus.

»Die spielen übrigens heut Abend in Rendsdorf!«, wirft Strauch ein.

»Wer spielt?«

»Na hier, Kommando Kleiderlaus.« Strauch deutet auf den röhrenden Ghettoblaster.

»Können wir da nicht hin, Armin? Bitte, fahr uns!« Noch während sie spricht, reißt Rosa Armin die Bierdose aus der Hand.

»Ey, was soll'n das?« Armin versucht sofort, sich sein Getränk zurückzuholen.

Rosa sieht ihn an mit etwas, das wohl einem Hundeblick gleichkommen soll, und Armin hält inne.

»Würd ich ja gern, aber hab doch keine Kohle!«, lenkt er ein.

»Och Mann, die Platte hör ich seit Wochen. Endlich ist mal was, und dann geh'n wir wieder nicht hin!«

»Tja, kann halt nicht jeder mit dem goldenen Löffel im Mund geboren werden, was?«, sagt Armin, und an seinem Blick sieht man, dass er es im selben Augenblick bereut.

»Fick dich!« Rosa drückt ihm die Dose barsch zurück in die Hand und würdigt ihn keines Blickes mehr.

Eine Weile scheppert nur das Uffta-Uffta von Kommando Kleiderlaus aus dem Ghettoblaster. Das Tape leiert ein bisschen. Ich wühle angestrengt in meinem Schulrucksack herum. Was ich daraus zutage fördere, lässt Rosa einen spitzen Schrei ausstoßen.

»Ich hab dir noch was mitgebracht!«, sage ich und drücke ihr Rolfs Polizeihemd in die Hand.

Rosa hält es an den Ärmeln hoch, um es genau zu betrachten. Dass es ein Bullenhemd ist, kann man eigentlich nur noch an dem Polizeiwappen auf dem Ärmel erkennen. Den versehentlich entstandenen Bleicheflecken auf der Brust hab ich Dutzende neue hinzugefügt, sorgfältig aufgetragen mit Mutters Spritzflasche zur

Pflanzenbewässerung. Die Ursprungsfarbe, ein hässliches Beige, hab ich mit einem knalligen Rot überfärbt, das die Bleicheflecken noch besser zur Geltung bringt. Rolfs Dienstkleidung kommt zu neuen Ehren.

»Wie geil ist das denn?! Du bist die Beste!« Rosa fällt mir stürmisch um den Hals.

Das Hemd wird gleich angezogen und steht Rosa tausendmal besser als dem Schnauzbartbullen. Sie läuft ein paar Schritte vor uns auf und ab wie ein Model. Mit ihren Kampfstiefeln und den grünen Stachelhaaren sieht das befleckte Hemd einfach endgeil an ihr aus. Das findet anscheinend auch Armin, der kaum die Augen von Rosa abwenden kann.

»Wo haste das denn her?«, will Strauch von mir wissen.

»Dem Freund meiner Mutter abgerippt«, antworte ich stolz.

»Der ist Bulle, oder wie?«

»Ja, leider. Meine Mutter hat nen seltsamen Männergeschmack«, stelle ich fest und nehme noch einen Schluck lauwarmes Bier.

Rosa findet sich sofort in ihre neue Rolle als Polizistin und fixiert mich mit strengem Blick. »Öffentlicher Alkoholkonsum unter Teenagern? Ich glaube nicht, dass das hier gestattet ist. Händigen Sie mir auf der Stelle Ihr Bier aus!«

»Verpiss dich, Bullenschlampe!«, gebe ich zurück und lache ihr frech ins Gesicht.

»Das ist Beamtenbeleidigung. Dafür gibt's Dresche!«, schreit Rosa.

Im nächsten Moment springt sie mich auch schon an, als wolle sie Huckepack genommen werden, und reißt mich mit sich zu Boden. Johlend und kreischend kullern wir auf dem Asphalt herum, ein verschlungenes Knäuel aus Armen, Beinen, Springerstiefeln. Nach ebenso ausgelassen wie erbittert geführtem Kampf sitzt Rosa auf mir drauf und drückt meine Handgelenke auf den Boden.

Ich atme schwer unter ihrem Gewicht. Mit siegessicherem Grinsen beugt sie sich über mich. Will sie mich etwa küssen? Vor Aufregung werde ich ganz starr unter ihren Beinen. Als Rosas erhitztes Gesicht ganz nah vor meinem ist, streckt sie die Zunge raus und leckt mir volle Breitseite einmal über die Backe.

»Iiiiiiieeeh!«, quieke ich wie ein Schwein, das im Freilauf mit dem Wasserschlauch abgespritzt wird.

Zwei vorbeilaufende Omis bleiben kopfschüttelnd stehen.

»Gehen Sie bitte weiter, hier gibt es nichts zu sehen!«, ruft Rosa ihnen zu und hält mich weiter fröhlich an den Handgelenken zu Boden gedrückt.

Ob sie gemerkt hat, dass ich sie hab gewinnen lassen? Schließlich darf ich aufstehen und klopfe theatralisch meine Sachen ab. Rosas Spucke auf meiner Wange lasse ich vom Wind trocknen.

Die Punks haben der Show grinsend beigewohnt.

»Jetzt noch mit Schlamm, bitte!«, verlangt Strauch und erntet dafür von Armin einen schiefen Blick. Lupo schmeißt noch eine Runde Bier für alle.

Ich nehme glücklich neben Rosa Platz und wippe wild mit dem Fuß zum Punkrock von Kommando Kleiderlaus, der aus dem Ghettoblaster scheppert. So hab ich mir das Punksein vorgestellt!

»Schaut mal, da drüben!« Lupo macht eine Geste rüber zur alten Kaufhalle, wo soeben ein dunkler VW Golf mit getönten Scheiben vorgefahren ist. Auf der Heckscheibe steht in weißer Fraktur irgendein Schriftzug, den ich auf die Entfernung nicht entziffern kann.

Zwei Kahlköpfe, ein großer Bulliger und ein kleiner Drahtiger, steigen aus und schleppen ein paar Kisten in den leer stehenden Laden neben der Versicherung. Es sind die beiden Glatzen, die mich letztes Wochenende so doof angemacht haben. Während sie die Kisten verladen, schauen die Kahlköpfe immer wieder zu uns rüber. Besonders nervös wirken sie nicht.

Ich schlucke und hoffe, dass sie bald fertig sind und abhauen. Der Ghettoblaster beschallt den Markt noch immer mit Kommando Kleiderlaus.

Um die Mucke zu übertönen, schreit Strauch aus voller Kehle quer über den Platz: »Ey, Ronny, du Pottsau! Kein Schwein in dieser Stadt lässt sich von Nazis tätowieren, ihr könnt direkt wieder einpacken!«

Der mit einer Kiste beladene Fascho bleibt abrupt stehen. Selbst aus der Ferne möchte man nicht in dieses finstere, brutale Gesicht schauen.

»Was hast du gesagt?«, bellt er rüber und stellt die Kiste ab.

Mir schwant nichts Gutes.

»Ich hab gesagt, dass du ne dumme Nazisau bist!«, schreit Strauch und lacht ihm ins Gesicht.

In Nullkommanichts ist er hingewetzt und baut sich vor Ronny auf, nur keine Angst zeigen oder sowas. Trotzdem wirkt der kleine Punk vor dem bulligen Fascho wie ein halbes Hemd, ein Drittel Hemd, wenn man es genau nimmt.

Mir geht ganz schön die Muffe, doch mir ist auch klar, dass der Marktplatz als Treffpunkt verteidigt werden muss, koste es, was es wolle. Da ist eben auch mal Aufplustern angesagt, selbst wenn der Gegner dreimal so groß und furchteinflößend ist.

Gespannt wie Flitzebögen verfolgen Armin, Lupo, Rosa und ich vom Brunnen aus, wie die Pottsau Ronny und Strauch sich gegenseitig mit Sprüchen belegen.

»Die kennen sich noch von früher!«, flüstert Rosa mir zu, obwohl niemand in Hörweite ist. »Strauch hasst den wie die Pest!«

Und umgekehrt, denke ich.

Ronny schaut Strauch an, als sei dieser ein Ungeziefer, das sich ungefragt an ihn herangewanzt hat, um ihm den Tag zu versauen. Strauch sagt etwas zu ihm, das wir nicht verstehen, und plötzlich ist das Duell keines mehr, das nur mit Worten ausgetragen wird. Ronny holt aus und haut Strauch seine tätowierte Pranke ins Gesicht.

Strauch taumelt nach hinten. Für eine Sekunde sieht es so aus, als ob er zu Boden geht. Sogleich rappelt er sich aber wieder auf und stürmt auf den Nazi los.

Armin, Lupo und Rosa eilen sofort zur Stelle, um Strauch zur Seite zu stehen.

Ich finde mich mit einem Mal alleine neben dem röhrenden Ghettoblaster wieder und komme mir vor wie das Feigste, das auf dieser Erde rumläuft. Irgendwer muss doch den Kassettenrekorder bewachen, rede ich mir ein, während die Punks den Koloss von einem Nazi in die Zange nehmen. Gleichzeitig wünsche ich mir, meine Beine würden sich nicht vor Angst anfühlen wie einbetoniert.

Zu dritt halten Strauch, Lupo und Armin Ronny fest. Rosa zückt einen Edding, den sie anscheinend für solche Fälle immer bereithält, und malt dem Zeter und Mordio schreienden Kahlkopf grinsend ein Anarchie-A auf die wutrote Glatze.

Ich pruste los. Doch das Lachen bleibt mir schon im nächsten Augenblick im Hals stecken, als ein zweiter Golf wie aus dem Nichts vor dem Laden auftaucht und mit quietschenden Bremsen anhält. Vier Glatzen springen raus, in den Händen Baseballschläger und Eisenstangen. Auf einmal ist auch Ronnys drahtiger Kumpel wieder da. Er muss im Laden heimlich telefoniert und Verstärkung angefordert haben.

Wir rennen, rennen, rennen. Der Ghettoblaster ist zu schwer. Er muss leider zurückbleiben. Noch im Wegrennen höre ich, wie ein Nazi den Kassettenrekorder mit seinem Baseballschläger kaputt haut. Die Musik stoppt mit einem stumpfen Geräusch. Mir jagt es Schauer über den Rücken. Was werden die wohl erst mit uns anstellen, wenn sie uns kriegen?

»Rotfront verrecke!«, schreien unsere Verfolger uns dicht auf den Fersen.

»Da rein!«, ruft Armin und rennt in den Hof von einer Fahrradwerkstatt.

Was sollen wir denn hier? Uns verstecken etwa? In den Filmen hocken die Verfolgten immer atemlos in ihrem Loch und werden am Ende doch entdeckt und kaputt geschlagen.

Meine Beine drohen, mit einem Mal wegzuknicken wie Strohhalme.

Aber Armin hat anscheinend einen Plan. An der Rückseite des Hofes ist eine unscheinbare Tür, die auf die Gasse dahinter führt. Wir rennen durch die enge Gasse und dann durch noch ein paar. Das Knallen unserer Stiefel steigt an den Häuserwänden hoch. Noch immer können wir die Schreie der Glatzen hören, aber sie klingen nicht mehr ganz so nah wie vorhin.

Kapitel 9

Erschöpft sitzen wir bei Armin und trinken Tee. Seine Bude ist ein mittelgroßes düsteres Loch, in dem einen von jeder Wand Handzettel, Pamphlete und Zeitungsausschnitte anspringen. Zwischen Sperrholzmöbeln und einer schmutzigen Mikrowelle, die wegen ihrer lebenserhaltenden Funktion einen herausgehobenen Platz auf einer Anrichte genießt, stapeln sich Tonnen von Büchern. Die meisten sind von irgendwelchen politischen Theoretikern, schätze ich, denn ihre Namen sagen mir nichts. An die ausgebleichte Tapete steht mit schwarzer Farbe riesengroß gepinselt: »Da wo der Besen nicht kehrt, verschwindet der Dreck nicht von alleine (Mao).«

Strauch schüttelt den Kopf wie ein Wackeldackel, nimmt einen Schluck von seinem Tee und verzieht angewidert das Gesicht.

»Was hast du?«, frage ich, da man seine schlechte Laune unmöglich ignorieren kann.

»Mann, dass wir vor Ronny und seinen Aushilfsfaschos rennen mussten, das hätte es früher nicht gegeben! Zu alten Antifa-Zeiten hätten die die Beine in die Hand genommen, aber sowas von!«

»Ach, komm! Das bringt doch jetzt nix.« Armin wirkt äußerlich völlig gelassen. »Gewalt erzeugt Gegengewalt. Ist schon gut so, dass es nicht zu ner Klopperei kam. Da hätten wir den Kürzeren gezogen.«

»Du wieder mit deinem Hippie-Gelaber!« Rosas Mundwinkel sinken verächtlich nach unten. »Willst du die Nazis jetzt mit Argumenten überzeugen, oder wie? Das einzige Argument, das die versteh'n, ist die Faust!«, ruft sie pathetisch und nickt aufmunternd Strauch zu, der wie ein Häufchen Elend auf Armins zerschlissenem Sofa hockt.

Da hat wohl jemand zu viel Bakunin gelesen, schießt es mir durch den Kopf. Aber ich sage nichts.

Dafür spricht Armin laut aus, was ich denke. »Und das nächste Mal schlagen die wieder zurück. Das geht doch immer so weiter. Bringt alles nix!« Er klingt resigniert.

»Das isses eben.« Lupo kratzt sich am Kopf, dass sein langer Iro wackelt, und lässt die breiten Schultern hängen. »Die Ärsche wissen genau, dass wir nix machen. Nur labern, nie was machen.«

»Und mein schöner Kasi ist im Sack!«, jammert Strauch. »So ne Scheiße!« Er tritt ein Kissen von Armins Sofa.

Keiner sagt etwas. Wir trinken schweigend Tee. Irgendein Polit-Liedermacher-Tape läuft und untermalt die gedrückte Stimmung.

»Ich hab's!«, ruft Rosa plötzlich und knufft Armin an die Schulter. »Steh'n in der Kammer nicht noch die ganzen Bierkisten von deinem Geburtstag rum?«

»Ja, wieso?«

»Wenn wir die wegbringen, haben wir genug Kohle für die Fahrt zum Konzi!« Sie blickt triumphierend in die Runde.

»Welches Konzi?« Armin schaut Rosa an, als hätte er keine Ahnung, wovon sie redet.

»Kommando Kleiderlaus!«, ruft Strauch, und ein Lächeln erhellt sein Gesicht.

Mit einem Mal herrscht Aufbruchsstimmung in Armins Muffelbude. Bierkisten werden gestapelt und für den Abtransport zum Supermarkt vorbereitet.

Ich beobachte das Ganze von meinem Platz aus und komme mir etwas überflüssig vor. Eigentlich müsste ich auch mal nach Hause. Mutter fragt sich bestimmt schon, wo ich nach der Schule abgeblieben bin. Andererseits ist sie Freitagabend ziemlich wahrscheinlich mit dem Bullen unterwegs, da kann es oft spät werden. Dann ist eh egal, ob ich auftauche oder nicht.

»Kommste auch mit auf Konzi oder willste hier weiter rumgrübeln?«, reißt Strauch mich aus meinen Gedanken und piekt mich euphorisch in die Schulter.

»Aua!«, sage ich und beschließe, nicht weiter nachzudenken.

»War das ein Ja?«

»Ja!«

»Cool!«, erwidert er, und auch Rosa grinst breit.

Schon wie wir in Armins knatternder Karre vor dem Supermarkt vorfahren und einen Mercedes zuparken, ist Punkrock.

Ich beäuge den Protzschlitten kritisch. An seiner Spitze blitzt ein Angeberstern. Könnte der von meinem Nachbarn sein. Egal, der muss jetzt halt warten, bis wir fertig eingekauft haben!

Strauch dreht Armins Tapedeck hoch und reißt die Beifahrertür auf. Zum Gegröle von Kommando Kleiderlaus geben er und Lupo sich auf dem Parkplatz einem spontanen Pogo hin.

Rosa und ich springen mit rein und rempeln und stumpen, was das Zeug hält. Sofort ist da wieder die blanke Lebensfreude, die ich schon am Nachmittag auf dem Marktplatz verspürt hab.

Rosa pflanzt sich mit lose überhängenden Stiefeln in einen Einkaufswagen, Lupo legt sich quer darüber. Strauch und ich schieben das Geschoss mit Karacho durch die Gänge, die kurz vor Ladenschluss fast leer sind. Armin trottet in gleichbleibender Geschwindigkeit hinterher und versucht, so auszusehen, als habe er mit dem Ganzen nicht das Geringste zu tun.

»Ey, den da kenn ich!«, schreit Rosa deshalb quer durch den Laden. »Den Großen mit dem schwarz-roten Dreieckstuch um den Hals. Brauchst nicht so zu tun, als ob du nicht zu uns gehörst. *Armin heißta, ist Bademeista im Schwimmbad an der Eeeck-e* ...«, trällert sie laut und ein bisschen schief.

Armin, der rot angelaufen ist, muss schmunzeln, aber so ganz wohl sieht er immer noch nicht aus.

Vom Pfandgeld springen sogar noch ein paar Tüten Chips und Dosenwürste für die Fahrt raus. Mit vollen Backen und quietschenden Reifen brausen wir zur Stadt hinaus.

Noch nie hab ich so viele Punks auf einem Haufen gesehen. Dabei ist Rendsdorf nur ein winziges Kaff an der Grenze zu Bayern.

Vor dem ehemaligen Kulturhaus »Clara Zetkin« hat sich trotz der Kälte eine beachtliche Zahl dunkel gekleideter, zerlumpter Gestalten eingefunden. Punks, die auf Pappkartons auf den Treppen hocken und Bier trinken, Punks, die die wenigen vorbeihuschenden Passanten um Kleingeld anschnorren, Punks, die johlend versuchen, sich zu zehnt in eine Telefonzelle zu quetschen. In der Luft liegt ein magischer Dunst aus verschüttetem Bier, Kippenrauch und ungewaschenen Haaren.

Zwischen den ganzen bunt gefärbten Bürsten, Stacheln und strubbligen Zotteln entdecke ich auch ein paar Kahlköpfe. Das müssen linke Redskins sein, so wie die auf Rosas Punkfoto aus London.

Ich beobachte die Glatzen besonders genau. Blank polierte Springerstiefel, hellblaue, enge Jeans, karierte, bis zum Hals geknöpfte Hemden, dünne Hosenträger und darüber Bomberjacken oder die englischen Harrington mit rot kariertem Schottenmuster am Aufschlag – zu den Nazis vom Nachmittag kann ich rein äußerlich keinen Unterschied feststellen. Aber die hier haben irgendwie liebe Gesichter.

Lupo, Strauch und Armin mischen sich direkt unter die Meute und begrüßen ein paar der Skinheads mit Handschlag.

Rosa hakt mich unter und zieht mich mittenrein ins Gewühl. Vielleicht hab ich es mir heute Nachmittag am Marktplatz auch nur eingebildet, dass sie und Armin zusammen sind. Denn wenn ich es mir recht überlege, wirken die beiden gar nicht unbedingt wie ein Liebespaar, jedenfalls nicht wie eines, was man landläufig darunter versteht: sich dauernd anglotzen, durch die Haare wuscheln, aneinander rumzuppeln und so weiter. Die machen jeder ihr eigenes Ding. Für den Moment beschließe ich, nicht mehr darüber nachzudenken, sondern Spaß zu haben. Denn dafür sind wir hier.

Drinnen haben Kommando Kleiderlaus schon angefangen. Sie kommen aus Eisenach und bestehen nur aus Schlagzeug, Gitarre und Bass. Mehr braucht es nicht. Der Gitarrist, der sich als »Krätze« vorstellt, ist gleichzeitig der Sänger. Ohne viel Geplänkel rotzen sie ihren schnellen, schnörkellosen Punkrock runter.

In der Punkmeute vor der Bühne öffnet sich ein Pogostrudel, der immer weitere Kreise zieht. Rosa und ich schubsen eifrig übermütig rempelnde Pogotänzer zurück in den Pulk. Die Punks toben wie Berserker mit fliegenden Armen und Beinen. Das Parkett ist glitschig von verschüttetem Bier, sodass fast im Sekundentakt jemand zu Boden geht. Sofort werden die Gefallenen von den Umstehenden wieder auf die Beine gehoben, und weiter geht's.

Nach einer kurzen Pause tritt die Bassistin ans Mikro und kündigt das nächste Lied an, ein Coverstück. Die ersten Takte kommen mir nur allzu bekannt vor.

»SCHLEIM-KEIM!«, brülle ich wie von der Tarantel gestochen. Kurz entschlossen packe ich Rosa beim Kragen ihrer Lederjacke.

Sie zögert kurz, dann aber verzieht sich ihr Mund zu einem breiten Grinsen. Schon stürzen wir springend und johlend in die Pogomeute, das Auge des Orkans.

Mich haut es auf dem glitschigen Boden ein paar Mal richtig hin. Ehe ich mich versehe, packen mehrere Hände zu und befördern mich schwungvoll wieder in die Senkrechte. Die blauen Flecken an Armen, Beinen und Hintern werde ich noch Tage stolz umhertragen. Schwitzend und schnaufend rette ich mich zu Armin, der mit unbewegter Miene am Rand des ganzen Auflaufs steht.

Ausgelassen springt Rosa an ihm hoch und versucht, ihn in den Pogo zu zerren. Doch ihre überschwänglichen Bemühungen prallen an Armin einfach ab. Kerzengerade steht er da wie ein Stock. Sein Gesicht verrät wenig Begeisterung, sich in den Pulk aus fliegenden Armen und Beinen zu begeben. Er sagt etwas in Rosas Ohr, woraufhin sie Armin barsch vor die Brust stößt und sich mit Anlauf ins Gewühle stürzt. Sofort geht sie unter, und es dauert etliche Sekunden, ehe ich ihren Stachelkopf wieder zwischen den ganzen Bürsten und Kahlköpfen ausmachen kann.

Als ich mich umdrehe, ist Armin verschwunden.

Mit Windmühlenarmen fräst Rosa einmal durch die Menge, bis sie einen passenden Gegenspieler gefunden hat. Unermüdlich springt sie gegen einen Schrank von Skinhead, der mit gesenktem Glatzkopf voran immer wieder wie ein wildgewordener Stier in den Pogo stürmt. Als der Besprungene den Halt verliert und vor mir wie eine Eiche zu Boden geht, strecken Rosa und ich ihm sogleich die Hände hin und helfen ihm hoch.

Der Skinhead klopft uns anerkennend auf die Schultern und besteht darauf, uns Bier auszugeben. Das lassen wir uns nicht zwei Mal sagen. Kaum die Flaschen in die Hand gedrückt, prescht der Glatzkopf auch schon wieder mitten rein.

»Prost!« Aufgepeitscht stoße ich mit Rosa an.

»Du kannst ja richtig abgeh'n, Mensch! Mit dir kann man geil Party machen!«, ruft Rosa und legt mir anerkennend den Arm um die Schulter. »Nicht so wie Armin!«, fügt sie stirnrunzelnd hinzu. »Der vergisst vor lauter Revolution und Klassenkampf oft den Spaß bei der Sache. Wenn's nach dem ginge, würden wir nur in seiner Bude vorm Bollerofen hocken und Theorien bequatschen. Ein Wunder, dass er überhaupt mitgekommen ist!«

Ich wüsste gern, was Armin eben zu ihr gesagt hat, das Rosa so böse werden ließ. Aber ich traue mich nicht zu fragen. Deshalb trinke ich stolz das Skinhead-Bier und grinse im Stillen über ihre Sympathiebekundung.

»Ey, nicht rumhocken hier!« Strauch steht auf dem Plan und gabelt uns von der Theke auf. Wir stellen uns vor die Bühne, wo Kommando Kleiderlaus unbeirrt weiterzocken.

»Ich stürz mich wieder rein!«, verkündet Rosa. »Machste mit?«

»Ich brauch ne Pause!«, gebe ich zähneknirschend zu. Mir tut bereits alles weh von ein paar Minuten Pogo.

Rosa zuckt mit den Schultern, und schon ist sie wieder mitten unter den rempelnden und springenden Punks.

Eine Flasche Pfeffi erscheint in meinem Blickfeld.

»Willste nen Schluck?«, schreit Strauch mir ins Ohr.

Schulterzuckend nehme ich einen Hieb, ohne meine Augen von Rosas wildem Tanz abzuwenden. Der Pfeffi beißt in der Kehle. Noch einen Schluck davon brauche ich jedenfalls nicht. Ich will Strauch das grüne Gesöff zurück in die Hand drücken, aber der schaut immer noch. Schaut auf eine komische Art, als hätte er Schmerzen oder so was. Plötzlich legt er den Kopf schief, und sein Gesicht kommt in meinen Dunstkreis.

Automatisch schließe ich die Augen, weil ich mal irgendwo gelesen hab, dass man das so macht. Strauchs Schnauzer kitzelt an der Oberlippe. Seine Zunge ist schwerfällig und schmeckt scharf wie der Pfeffi. Der ganze Vorgang kann keine Minute gedauert haben. Verdattert stehe ich am Rand des Pogostrudels und werde von der heranwogenden Meute hin und her geworfen.

Strauch schmachtet mich aus glasigen Augen an, Rosa winkt mir aus dem Gewühle zu. Ob sie das eben mitbekommen hat? Bitte nicht! Aber ich will da jetzt auch gar nicht weiter drüber nachdenken. Nicht jetzt und nicht hier. Todesmutig stürze ich mich wieder in den Pogo und versuche, mich zu Rosa durchzuschlagen.

Als wir die Rückfahrt antreten wollen, ist Lupo verschwunden. Wir teilen uns in zwei Suchtrupps auf. Ich bin froh, dass Strauch sich Armin anschließt und ich nicht mit ihm allein sein muss. So hab ich außerdem Rosa noch ein bisschen für mich, die anscheinend Armin aus dem Weg geht.

Ausgerechnet auf dem Frauenklo werden wir fündig. Lupo blockiert eine der Kabinen. Wie sich herausstellt, ist er nicht allein. Seine Begleitung, eine Punkerin, kaum älter als Rosa und ich, hängt beschwipst an Lupos Arm und quittiert fast jede seiner Äußerungen mit schrillem Kichern.

Rosa und ich werfen uns einen vielsagenden Blick zu.

»Sandy pennt heut bei mir!«, verkündet Lupo mit größter Selbstverständlichkeit, als sich unser Grüppchen vor Armins altem VW Golf zur Abfahrt versammelt.

»Ich heiß Mandy, du Asi!«, kreischt die Göre mit schwarz-gelb gefärbtem Leopardenmuster in den raspelkurzen Haaren und boxt Lupo theatralisch gegen die Schulter.

»Von mir aus!«, brummt Lupo. Schon liegen die beiden im Clinch und ringen lautstark miteinander.

»Moment mal!« Rosa zählt durch, als habe sie etwas nicht richtig verstanden. »Dann sind wir aber zu sechst!«

Sie sieht Armin triumphierend an, als hätte er das selbst noch nicht gemerkt. Soll er ruhig abwenden, dass die kichernde Punktorte mitfährt, schließlich ist er der Fahrer.

Lupo und die Torte kriegen von der folgenden Diskussion nichts mit, weil sie zu sehr damit beschäftigt sind, sich gegenseitig zu begrabbeln.

»Wieso nehmen wir die überhaupt mit, Mensch? Die nervt!« Rosa hat Mühe, ihre Stimme im Zaum zu halten.

»Jetzt sei doch nicht so! Jemand kann doch auf dem Schoß mitfahren, kein großes Ding.« Armin hat die Ruhe weg.

»Pff!«, schnaubt Rosa. »Und was, wenn die Bullen kommen?«

»Dann heißt es ducken!«, grinst Armin.

Die Wahl des Schoßsozius wird schließlich nicht ganz basisdemokratisch durchgeführt. Weil ich am leichtesten von allen bin, soll ich bei jemandem auf den Beinen mitfahren. Rosa hat schon ihren Fensterplatz auf der Rückbank eingenommen und besteht darauf, dass Lupo neben ihr in der Mitte sitzt. Das betrunkene Punkmädchen wird am gegenüberliegenden Fenster platziert.

»Falls die kotzen muss«, raunt Rosa Armin zu.

»Kannst dir aussuchen, bei wem du auf dem Schoß hocken willst!«, posaunt mir Strauch vom Beifahrersitz entgegen, als ich in der Kälte von einem Bein aufs andere tippele. Eigentlich will ich bei gar niemandem auf dem Schoß mitfahren. Ich ärgere mich, dass die Babypunkerin meinen Platz eingenommen hat.

»Na, wie sieht's aus?« Schelmisch grinsend klopft Rosa auf ihre Oberschenkel.

Mit weichen Knien folge ich ihrer Einladung. Warm ist sie und riecht gut, nach Pogo und Rasiercreme. Ich versuche, möglichst gleichmäßig zu atmen, damit sie nicht hört, dass mein Herz dabei ist, mir im nächsten Moment aus der Brust zu springen. In meinem Nacken kribbelt es, da, wo ich Rosas Gesicht vermute. Neben mir geht Lupo sofort wieder mit seinem Aufriss auf Tuchfühlung.

»Jetzt setz dich mal richtig hin!«, verlangt Rosa, nachdem wir Rendsdorf hinter uns gelassen haben und ich immer noch mit angespannten Beinen dahocke.

»Ich hab Angst, dass ich zu schwer bin!«, flüstere ich ihr zu.

»So'n Quark, jetzt entspann dich mal!«

Also tue ich, wie mir geheißen. Die Wärme von Rosas Oberschenkeln strahlt durch meine Jeans.

Strauch dreht sich geräuschvoll auf dem Beifahrersitz um. »Wir können auch tauschen!«, bietet er scheinheilig an und zwinkert mir zu.

»Nö, zu spät!«, entgegne ich, froh, dass Strauch vorne sitzt und ich hinten.

Armin legt ein *Schlachtrufe-BRD*-Tape rein, dann wird nichts mehr gesprochen. Unter Anti-Nazi- und Scheiß-Staat-Gesängen ziehen verschlafene Nester und spärlich beleuchtete Landstraßen in einem Affenzahn an uns vorbei.

Inzwischen bin ich nicht mehr beleidigt, dass ich den Schoßsozius abgeben muss, sondern finde eigentlich, dass ich den besten Sitzplatz im ganzen Auto hab.

Irgendwo, es muss kurz vor unserer Kleinstadt gewesen sein, passiert etwas, mit dem ich nicht im Mindesten rechnen konnte. Gerade meine ich, die reflektierenden Augen eines Tiers gesehen zu haben, die zwischen Fahrbahnbegrenzungspfählen und entgegenkommenden Scheinwerfern in der Dunkelheit aufblitzen. Ich stiere also aus dem Fenster, der dröhnende Schlachtrufe-Deutschpunk klingelt in unseren Ohren. Auf einmal ist da eine Hand. Ich brauche nicht hinzusehen, um zu wissen, dass es Rosas Hand ist, die wie zufällig auf meinem Oberschenkel gelandet ist. Warm und fest und selbstverständlich.

Ich hab keine Ahnung, wo Rosa während der ganzen Fahrt vorher ihre Hände hatte, jedenfalls liegt da plötzlich ihre Hand auf meinem Bein und fängt an, mich ganz sachte zu streicheln, an einer kritischen Stelle kurz über dem Knie.

Ich starre angestrengt durch die verschmierte Autoscheibe in die Finsternis, als ob es etwas zu sehen gäbe. Unter den Armen bricht mir der Schweiß aus. Hinter meinen Augen flirrt es.

Die Scheinwerfer eines entgegenkommenden Autos blenden, und als sie vorbeigezischt sind, liegt meine Hand auf der Rosas. Wie sie dahingekommen ist, keine Ahnung. Nur dass meine Hand nicht warm ist, sondern kalt und ein bisschen klamm.

Sofort flippen meine Augen zum Rückspiegel, in dem Armins Gesicht, der beim Fahren eine Brille trägt, kaum zu erkennen ist. Aber er scheint auf die Straße zu schauen. Vorsichtig drücke ich die unbekannte Hand, wie um mich zu vergewissern, dass sie auch echt ist. Rosa erwidert den Druck sanft. Mir wird ganz flau im Magen.

Die neue Handallianz hält, bis Armin zu scharf in eine Kurve biegt und ich fast auf Lupo fliege, weil ich nicht angeschnallt bin. Dann ist wieder alles wie vorher.

Das heißt, nicht ganz.

Kapitel 10

Volltrunken stolpere ich in unsere Wohnung und versuche, möglichst keinen Lärm zu machen. Aber das ist ungefähr so, als würde man einen Elefanten besoffen in den Porzellanladen schicken. Schon beim Bemühen, meine klobigen Stiefel von den Füßen zu bekommen, kippe ich um und knalle geräuschvoll gegen den Flurschrank. Als ich mich aufstütze, entdecke ich einen Brief mit meinem Namen drauf. Ich stecke ihn ein.

Da kommt auch schon Mutter aus dem Schlafzimmer wie Jeannie aus der Wunderlampe. Komischerweise ist sie komplett geschminkt, obwohl sie gerade aus dem Bett gestiegen ist, wie ihre zerwühlten Haare verraten.

»Jetzt bist du wohl vollkommen durchgeknallt?«, schreit sie mich gleich an, und selbst durch meine Wattewand aus mehreren Bier spüre ich, wie ernst ihr die Sache ist. »Einfach nicht nach Hause zu kommen! Es ist schon fast drei, du hast bis elf daheim zu sein! Wo zur Hölle warst du?«

Ich versuche, ihr von meinem Nachmittag zu erzählen, dass Rosa mich zu den Punks vom Markt mitgenommen hat, wir vor Nazis mit Baseballschlägern wegrennen mussten und ich mit zum Konzert gefahren bin und …

Aber als ich wortreich ansetzen will, das alles zu erklären, wird mir speiübel. Ehe ich mich's versehe, kotze ich auf meine Stiefel.

An den Rest kann ich mich nicht genau erinnern. Ich glaube, Mutter hat die Kotze aufgewischt. Jedenfalls ist sie nicht mehr da, als ich am andern Morgen aufstehe. Ich hab Kopfweh, einen pelzigen Belag im Mund und das irre Verlangen, sofort Gurkenwasser zu trinken. Das tue ich auch gerade, als Mutter in die Küche kommt. Verschlafen zwar, aber noch genauso geladen wie die Nacht zuvor.

»Was ist überhaupt los mit dir?«, steigt sie direkt da ein, wo sie gestern mit ihrer Tirade aufgehört hat. »Du hängst auf der Straße rum, kommst nicht mehr heim, machst keinen Schlag im Haushalt … Das geht nicht so weiter, mein Fräulein!«

Erschöpft lasse ich mich gegen den Kühlschrank sinken und mache ein schuldbewusstes Gesicht. Doch das hilft heute nicht, um ihre Wut abzumildern. Mutter hat sich schon was ausgedacht.

»Heute Abend bleibst du mal zu Hause, und wir machen einen Fernsehabend – du, ich und Rolf.«

Meine verkaterten Augen quellen hervor. Jetzt hat sie völlig den Verstand verloren. »Bitte nicht, Mama! Muss das sein, am Samstagabend?«

»Egal, was für ein Tag ist, den Abend verbringst du mit uns! *Wetten, dass..?* läuft«, verkündet sie triumphierend.

Das ist echt geil, jetzt setzt Mutter schon auf Gehirnwäsche, um mich wieder auf den rechten Weg zu bringen! Sie weiß genau, wie sehr ich Thomas Gottschalks trutschige Familienshow verabscheue.

»Darf ich Janine einladen?«, versuche ich, die Strafe ein bisschen erträglicher zu machen.

»Meinetwegen. Die hab ich ja schon ewig nicht mehr hier gesehen.«

Meine Mutter mag Janine ganz gern, weil sie freundlich und zugänglich ist und man sich leicht mit ihr unterhalten kann. Manchmal hege ich den Verdacht, Mutter hätte lieber sie als Tochter, weil sie brav zu Hause bleibt und keine Hobbys hat außer Beten.

Als ich Janine an die Strippe bekomme, zeigt sie sich alles andere als begeistert von meinem Vorschlag.

»Ach ..! Jetzt wo du verdonnert bist, daheimzubleiben, rufste auf einmal an«, schnaubt sie pissig in den Hörer. »Letzte Woche war ich doch auch abgeschrieben, da haste lieber deiner neuen

Punkerfreundin hinterhergegeiert. Frag die doch, ob sie mit dir *Wetten, dass..?* glotzen will!« Janine lacht abfällig.

Ich hab den Fehler gemacht und ihr von dem Konzert gestern erzählt. Jetzt ist Janine tödlich beleidigt, dass ich sie nicht gefragt hab, ob sie mitkommen will.

»Ich wollte dir ja Bescheid geben, echt jetzt, aber es war kein Platz mehr im Auto, und außerdem ging alles so schnell«, mache ich den Versuch einer Erklärung. Ich fühle mich ein bisschen schuldig, dass ich Janine letzte Woche so vernachlässigt hab.

»Pff, das kannste dir sparen! Ich bin wohl zu uncool für deine Punks!«

Darauf fällt mir nichts ein. »Tut mir leid«, versuche ich erneut, Janine zu beschwichtigen. »Ich würde mich wirklich freuen, wenn du heut zu uns kommst und mit mir *Wetten, dass..?* schaust. Wir haben schon länger nicht mehr zusammen abgehangen.«

»Nee, lass mal. Ich hab keinen Bock, der Notnagel zu sein. Die Rentnershow hast du dir selbst eingebrockt. Außerdem hab ich Teenie-Kreis.«

»Na gut, dann seh'n wir uns eben in der Schule.«

»Jep.«

Noch bevor ich Tschüss sagen kann, hat Janine schon aufgelegt. Ich lausche auf das monotone Piepen im Hörer und fühle mich ertappt. Was Freundschaften angeht, ist Janine knallhart und grundehrlich, das schätze ich so an ihr. Auch wenn ihre Konsequenz mir einen Abend allein mit Thomas Gottschalk und dem Liebespaar aus der Hölle beschert.

Schon nach fünf Minuten *Wetten, dass..?* kann ich Thomas Gottschalk nicht mehr ertragen. In peinlichen Cowboystiefeln hockt der blondgelockte Moderator auf der Starcouch, als würde sie ihm gehören, und begrabbelt munter die weiblichen Gäste. Ein Schaudern ergreift mich, als mir klar wird, dass mir noch mindestens hundertfünfzig Minuten dieser Sternstunde des deutschen Unterhaltungsfernsehens bevorstehen werden.

Mutter und Rolf amüsieren sich köstlich. Der Bulle hat es sich in Hausschuhen auf unserer Couch bequem gemacht und eine Hand lässig auf Mutters Bein platziert. Mit der anderen macht er anzügliche Gesten und kommentiert Aussehen, Form und Körperbau von Gottschalks Gästen. Mutter lacht über jeden seiner schlechten Witze. Immer wieder versuchen sie, mich einzubinden. Denn dass das hier einen Familienabend darstellen soll, hat selbst der geistig etwas langsame Rolf schon kapiert.

Ich für meinen Teil hab beschlossen, nichts dazu beizutragen. Meine körperliche Anwesenheit muss reichen.

Wieder voll da bin ich allerdings, als Gottschalk seinen nächsten Gast, Prinzessin Stéphanie von Monaco, ankündigt. Sie ist nicht nur Prinzessin, sondern auch Pop-Sängerin und will in der Sendung ihren neuesten Hit präsentieren. Ihre blonden Haare umrahmen ihr herbes Gesicht und fallen weich auf ihre Schultern. Und diese Augen! Wenn sie lacht, kriegt sie kleine Falten darum, aber das Lächeln erstirbt jedes Mal nach wenigen Sekunden und weicht einem traurigen, weltenverlorenen Blick. Das kommt daher, weil sie mit siebzehn ihre Mutter hat sterben sehen, Grace Kelly, die mit einem Cabrio mit ihrer Tochter auf dem Beifahrersitz die schöne südfranzösische Steilküste hinabgerauscht ist, klärt Mutter uns auf.

Irgendwas finde ich an dieser Prinzessin, die mit derselben Traurigkeit in den Augen ein schnulziges Liebeslied performt, das nicht der Rede wert ist. Dieser Gegensatz zwischen dem, was sie darstellen will, und dem, was sie eigentlich darstellt, ist nicht zu übersehen. Selbst ihre lässig oder sexy gemeinten Tanzbewegungen wirken fahrig und traurig einstudiert. Ihr ausgeprägtes Kinn gibt ihrem Gesicht zusammen mit den kantigen Wangenknochen etwas Unangepasstes, Andersartiges. Prinzessin Stéphanie beendet ihren

Auftritt mit einer Verbeugung und nimmt artig neben Thomas Gottschalk auf der Wettcouch Platz.

In seinem geschmacklosen hellblauen Jeansanzug mit braunen Lederflicken an den Ellenbogen zieht der Moderator gleich seine übliche Show ab. Plump fragt er Stéphanie nach ihrem Liebesleben aus, um sich gleich darauf selbst als ihr Boyfriend anzubiedern.

Mir stockt der Atem.

Stéphanie schafft es, ihre höflich lächelnde Fassade bis zu genau dem Moment aufrechtzuerhalten, als Gottschalk sich endlich seinem nächsten Gast zuwendet und von ihr ablässt. Jeder kann sehen, wie die Prinzessin erleichtert aufatmet.

Rolf gestikuliert wild Richtung Fernseher und ruft völlig zusammenhanglos: »Das ist doch ein Transvestit, das kann mir keiner erzählen!«

Er meint Stéphanie von Monaco, die sich in ihrer schwarzen Motorradlederjacke und breitbeinig auf der Couch sitzend ganz anders als die übrigen weiblichen Gäste ausnimmt.

»Vadder, nu hör aber auf!«, kichert Mutter und haut Rolf vor Vergnügen auf den Oberschenkel.

Rolf scheint sich über diese Ansprache nicht sonderlich zu wundern, denn er nuckelt weiter an seinem Bier und sieht ganz zufrieden aus.

Mich schaudert es, genau wie vorhin, als Gottschalk seine Gäste ungefragt angefasst hat. Strafe hin oder her, Rolf als »Vadder« zu bezeichnen, geht zu weit. Ich kann mir diese Scharade unmöglich länger antun. Daher schäle ich mich aus der Couch hoch und laufe zur Tür.

»Wo willst du hin? Denk an unsere Abmachung!«, versucht Mutter, mir mit Worten den Weg abzuschneiden.

Rolf ahnt nichts von meinem gestrigen Ausfall. Mutter will, dass es möglichst freiwillig wirkt, dass ich meinen Samstagabend mit den beiden vor der Glotze verbringe.

»Man wird doch wohl noch aufs Klo dürfen«, schwindle ich, und schon bin ich zur Tür raus. Einen kurzen Moment überlege ich, einfach abzuhauen. Aber wo sollte ich hin? Zum Marktplatz? Da ist um die Zeit garantiert keiner von den Punks, außerdem hätte ich Angst, dass Nazis auftauchen. Also gehe ich tatsächlich aufs Klo und verkrieche mich in meinem Zimmer, das ich leider nicht abschließen kann, weil Mutter den Schlüssel verschlampt hat – angeblich.

Verkatert liege ich auf meinem Bett und denke an gestern Nacht. Als mich Armin vor unserem Block abgesetzt hat, ist Rosa extra mit ausgestiegen und hat mich umarmt. Lange umarmt. Ich schätze, so zwei, drei Sekunden länger als normal. Das und wie wir auf dem Rücksitz heimlich Händchen gehalten haben, stelle ich mir immer wieder vor, bis die Erinnerung daran schon ganz ausgelutscht ist.

Es dauert keine fünf Minuten, da platzt Mutter in meine Fantasie. »Du weißt, was wir abgemacht hatten«, fordert sie mich auf, mitzukommen.

Ich will nur eines: allein sein. Allein mit meiner Erinnerung und meinen Gedanken an Rosa. Ohne beschränkte Bullen, maulige Mütter und distanzlose deutsche Fernsehmoderatoren.

»Es war nicht abgemacht, dass du entscheidest, dass Rolf ab jetzt mein Vater ist. Nicht in einer Million Jahre! Deine Scharade kannste schön alleine weiterspielen!«

»Du kommst wieder mit rüber, sonst …«

»Sonst was?«

»Ach, rutsch mir doch den Buckel runter!«, knurrt Mutter. Auf der Schwelle dreht sie sich noch mal zu mir um. »Ich frag dich nicht mehr nach nem Gefallen, aber ich tu dir auch keinen mehr. Haben wir uns verstanden?«

Ich zucke mit den Schultern und mime die Gleichgültige.

Endlich Ruhe! Mutter geht zurück zu ihrem Rolf und ihrem *Wetten, dass..?*. Ich bin nicht böse drum, dass ich den Abgang von Prinzessin Stéphanie verpasst hab.

Seufzend strecke ich mich aus und versuche, an die Stelle zurückzukehren, an der Mutter mich aus meinen Gedanken gerissen hat. Da fällt mir der Brief wieder ein, den ich gestern Nacht im Flur eingesteckt hab. Ich schieße von meinem Bett hoch und pule ihn aus meiner Jacke. Wie ich den Umschlag auch drehe und wende, es steht kein Absender drauf.

Schulterzuckend öffne ich ihn schließlich, und meine Knie werden so weich, dass ich mich gleich wieder hinlegen muss. Er ist von meinem Vater! Er muss meinen Brief bekommen und sich sofort hingesetzt und geantwortet haben. Und er will sich mit mir treffen. In einer Woche, das heißt, schon nächsten Samstag ist er in der Stadt!

Ich lasse mich in mein Kissen zurückfallen und starre an die Decke. Jetzt fällt es mir noch schwerer, mich zu konzentrieren. Noch mal von vorn: ich mit Rosa auf dem Rücksitz, Punkrock, der in den Ohren donnert, meine Schenkel auf Rosas warmem Schoß, ihre Hand, die sachte mein Bein streichelt, meine Hand auf ihrer. Vorhang.

Kapitel 11

Seit dem Vorfall mit den Nazis laufe ich anders durch die Straßen meiner Stadt. Wachsamer, aufmerksamer irgendwie. Jeden, der mir entgegenkommt, mustere ich genau und werde selbst gemustert. Doch während ich neugierig und mit leiser Vorsicht in jedes Gesicht blicke, schlagen mir oft Hohn, Spott und Verachtung aus den Augen entgegen, die bösartig aufblitzen, sobald sie meiner Punkfrisur gewahr werden.

War ich als geschlechtlich nicht einzuordnendes Etwas schon auffällig, bin ich jetzt erst recht nicht mehr eine von vielen. Aber dass ich die Frechheit besitze, diese Andersartigkeit auch noch herauszustellen und künstlich zu betonen, das macht die Leute regelrecht aggressiv, und ihre Ablehnung lassen sie mich deutlich spüren.

Seit wir vor den Nazis rennen mussten, wittere ich in jedem Passanten mit Kurzhaarschnitt einen Feind. Panisch entziffere ich Schriftzüge auf Pullovern und Jacken und bin erleichtert, wenn es sich nur um irgendeine Sportmarke handelt. Doch nicht nur vor den offensichtlichen Nazis muss ich mich in Acht nehmen.

Als ich Dienstagabend mit dem Bus unterwegs zu Armin bin, hält der Fahrer, kurz nachdem ich eingestiegen bin, an einer Ausbuchtung an der Straße an, die gar keine vorgesehene Haltestelle ist. Bei laufendem Motor kommt er zum Mittelteil des Busses, wo ich sitze. »Noch mal den Fahrausweis bitte, junger Mann!«

»Den hab ich doch schon beim Einsteigen vorgezeigt!«, verteidige ich mich, peinlich berührt, so viel Aufmerksamkeit auf mich zu ziehen.

Egal, der Busfahrer besteht auf nochmaligem Vorweisen, der ganze Bus glotzt, und da steige ich wortlos aus und laufe die Strecke zu Armin. Etwas kann mit dieser Welt nicht stimmen, wenn alle plötzlich durchdrehen, nur weil jemand seine Frisur wechselt.

Auf dem Weg zu Armins Bude zähle ich mindestens vier Nazis, die keine Opis mit altersbedingter Vollglatze sind und mich grimmig in den Blick nehmen. Seit einigen Tagen zieht es immer mehr von den Vögeln in die Stadt. Kein Wunder, die Eröffnung des Nazi-Tattoo-Studios am Marktplatz steht bald bevor. Ronny und seine Aushilfsfaschos haben sich mächtig ins Zeug gelegt und in allen Läden Handzettel verteilt. Sogar Poster wurden aufgehängt, um auf die große Eröffnung Samstag in zwei Wochen aufmerksam zu machen.

Ich besehe mir den Tattoo-Flyer: »Stechlin« ist in Frakturschrift unter einem Keltenkreuz darauf zu lesen. Und darunter: »Wir stechen euch alle!«

Mit spitzen Fingern befördere ich das Machwerk zurück auf Armins Couchtisch, bei dem wir zur Krisensitzung zusammengekommen sind.

»Wo hast du den denn her?«, will ich von Armin wissen, den ich heimlich um seinen Couchplatz neben Rosa beneide.

Rosa sieht heute besonders gut aus. Sie hat die Haare frisch gefärbt und zu kleinen Stacheln aufgedreht. Die Signalfarbe ist jetzt nicht mehr Grün, sondern Gelb.

»Den hat mir der Typ vom Antiquitätenladen zugesteckt. Der hat sich geweigert, die Faschos ein Poster bei sich aufhängen zu lassen. Dafür haben sie ihm die Scheibe eingehauen.«

»Die Schweine!«, zischt Rosa, und ihre Augen funkeln voll Zorn.

»Wir müssen was unternehmen!«, ruft Strauch, als ob das nicht eh allen klar wäre.

Der Hellste scheint er wirklich nicht zu sein. Deshalb ist es auch noch nicht zu ihm vorgedrungen, dass ich nicht das Geringste von ihm will. Er glotzt schon wieder zu mir rüber mit diesem Hundeblick. Ich tue so, als ob ich es nicht bemerke, und schaue auf den alten Campingtisch, um den wir sitzen, auf Rosa, auf Armins Bücher an den Wänden, überallhin, nur nicht auf Strauch. Ganz schön anstrengend, seine zweideutigen Blicke die ganze Zeit zu ignorieren.

Während wir verschiedene Strategien besprechen, kippeln Strauch und Lupo ungeduldig auf Armins quietschenden Campingstühlen hin und her und schütten Dosenbier in sich rein. Diskussionsrunden sind nicht ihr Ding, sie sind Punks der Tat. Wenn es nach ihnen ginge, würden wir gleich losziehen und eine handfeste Aktion gegen das Tattoo-Studio machen. Einzig Armin ist dafür, Ruhe zu bewahren und mit kühlem Kopf etwas zu planen, was ihn in der aufgeputschten, nach Taten lechzenden Runde nicht unbedingt beliebt macht.

Rosa lümmelt an Armins Seite auf seiner zerschlissenen Couch. Ich gebe mir alle Mühe, meine gleichmütige Miene aufrechtzuerhalten. Dabei trägt die Tatsache, dass Rosa so nah bei Armin sitzt, dass sich ihre Unterarme berühren, nicht gerade zu meiner Beruhigung bei. Armin hat wie immer sein schwarz-rotes Dreieckstuch umgebunden. Mit seinen ungewaschenen Strubbelhaaren und verschlagener Miene wirkt er wie einer dieser Banditen aus einem Wildwest-Film. Ein gut aussehender Bandit, muss ich mir zähneknirschend eingestehen.

»Wie wär's, wenn wir eigene Handzettel drucken?« Armin blickt tatkräftig in die Runde.

»Wie diplomatisch!«, bemerkt Rosa geringschätzig und friemelt an einer Ecke des Nazi-Flyers herum.

Meine Augen bleiben immer wieder an Rosas Hand mit den schlanken Fingern hängen. Die Hand, die meine in der Heimlichkeit des Autorücksitzes berührte. Obwohl es erst letztes Wochenende war, kommt es mir schon jetzt so vor, als hätten wir in einem anderen Leben Händchen gehalten. Oder in einem anderen Universum. Jedenfalls ist Armins düstere, vollgestellte Bude der letzte Ort, an dem sich so ein Ereignis wiederholen könnte. Ich seufze.

»Wieso schlagen wir die Klitsche nicht einfach kurz und klein? Dann hat sich's austätowiert.« Rosa sagt das völlig ernst.

»Du wieder!«, stöhnt Armin. »Dann kann uns gleich jemand im Knast besuchen.«

Rosa zuckt ungerührt mit den Schultern, als hätte sie diese Möglichkeit von Anfang an einkalkuliert. »Es kann keine Revolution geben ohne weitreichende, leidenschaftliche Zerstörung«, deklamiert sie.

Ich grinse ihr zu, weil ich genau weiß, woher dieser Satz stammt.

»Was meinst du denn, Lexi? Sag doch auch mal was!«, verlangt Rosa eine Wortmeldung von mir.

Schweren Herzens löse ich meine Augen von ihren Fingern und fühle die Blicke aller auf mich gerichtet. »Kaputtschlagen oder Handzettel«, murmele ich mechanisch.

»Ja, genau. Hast du toll auf den Punkt gebracht!« Rosa sieht mir direkt in die Augen, und ich spüre, wie ich rot werde.

Ich studiere die Oberfläche des zerkratzten Campingtisches und beschließe, vorerst nichts mehr zu sagen.

»Ich hab's!«, ergreift Strauch plötzlich das Wort, noch einen schäumenden Schluck Dosenbier im Mund, so blitzartig kam ihm die Idee. »Ich hab noch'n altes Foto von Ronny mit Iro. Das packen wir auf den Handzettel!«

»Genial!«, findet Rosa, und auch Armin und Lupo sind hellauf begeistert.

»Hä? Seit wann tragen Nazis Iros?«, platze ich heraus. Hab ich da irgendwas nicht verstanden?

»Der Ronny hat früher einen auf Punk gemacht. Wie fast alle von den Faschos hier eigentlich. Aber der hat sich schon damals eher fürs Saufen interessiert, deshalb ist er bei den Hohlköpfen besser aufgehoben«, sagt Armin.

»Ne, Strauch?« Lupo wuschelt seinem Kumpel durch den ungewaschenen Irokesenschnitt.

»Halt's Maul, du Arsch!«

»Strauch war früher selbst mal kurz bei den Glatzen«, erklärt Armin prompt, als ich ein langes Gesicht mache.

Meine Augen werden immer größer. Was, ich hab mit nem Ex-Fascho geknutscht? Der Schlag soll mich treffen!

»Was wolltest du denn bei denen?«, frage ich Strauch, mein Unverständnis nur schwer verhehlend.

»Das waren halt Schulkumpels von mir«, erwidert er patzig. »Hab am Wochenende öfter mit denen rumgehangen. Aber als die anfingen, Ausländer zu klatschen, war's bei mir vorbei.« Sein Blick besagt: Thema erledigt!

Immerhin hört er auf, mich dauernd anzustarren, und ich entspanne mich ein bisschen.

Na ja, wenn ich mir ihn und Lupo so betrachte, macht es eigentlich wenig Unterschied, ob sie nun Faschos oder Punks sind: Saufen und dumme Sprüche klopfen tun sie so oder so.

Obwohl, das ist Quatsch, sowas zu denken, schelte ich mich selbst. Natürlich macht es einen Unterschied, ob man nun Ausländer verprügelt oder Nazis, einen sehr großen sogar!

»Rassismus ist keine Meinung, sondern ein Verbrechen«, hat mein Geschichtslehrer neulich abgelassen, als wir den Nationalsozialismus dran hatten. Und auch wenn ich ihn sonst nicht besonders leiden kann, fand ich den Spruch gleich so gut, dass ich ihn mir mit Edding auf meinen Rucksack geschrieben hab. Von daher will ich Strauch und Lupo nicht unrecht tun: Selbst die doofsten Punks sind mir allemal lieber als ein intelligenter Nazi, wobei ich mir nicht ganz sicher bin, ob es Letztere überhaupt gibt.

Zur besten Einkaufszeit stehen Rosa und ich Samstagnachmittag in der bevölkerten Fußgängerzone und versuchen, unsere Handzettel unters Volk zu bringen. Die sind richtig schnieke geworden. Vorne drauf prangt Oberfascho Ronny Messerschmidt. Aber nicht als bulliger Skinhead, wie man ihn heute in unserer Stadt kennt, auf Strauchs altem Foto ist sein damaliger Kumpel mit riesigem aufgestelltem Iro zu sehen. Von Ronnys feister nackter Brust springt einem ein eiförmig tätowiertes Anarchie-A entgegen, das er sich mittlerweile garantiert hat übertätowieren lassen.

Darunter haben wir in Großbuchstaben folgende Botschaft gesetzt: *Egal in welcher Verkleidung: Kein Tattoo von Nazis! Lasst euch nicht verarschen!* Für die Rückseite hat Rosa noch einen schnittigen Info-Text verfasst, der die Bürgerinnen und Bürger über die rechten Bestrebungen rund um das Tattoo-Studio am Marktplatz aufklären soll.

Armin hat schon am Vorabend eine Flyer-Runde durch die Läden gedreht. Strauch muss Schicht in der Videothek seines Onkels schieben, und Lupo hat sich damit rausgeredet, es würde mehr bringen, wenn wir Mädels die Handzettel verteilen. Deshalb stehen Rosa und ich allein an der Innenstadtfront.

Immerhin konnte ich noch Janine als Dritte im Bunde für unsere Verteilaktion gewinnen. Eigentlich hab ich sie nur gefragt, damit sie sich nicht wieder ausgeschlossen fühlt. Sie zu überreden, war einfach: Es reichte aus zu erwähnen, dass die Nazis, gleich nachdem Hitler an die Macht gekommen war, alle Kirchen dichtgemacht hatten. Janine war sofort Feuer und Flamme, was gegen die Nazis in unserer Stadt zu tun. Im Leute-An- und -Bequatschen ist sie unschlagbar. Sie sprudelt einfach los, wie es so ihre Art ist.

Ich wünschte nur, sie würde auch mal wieder damit aufhören.

Rosa geht es genauso, wie ich an ihrem langen Gesicht ablesen kann. Missmutig zwirbelt sie ihre gelben Stachelhaare und nuckelt an ihrem mitgebrachten Dosenbier, das sie mir ab und zu hinhält.

Eigentlich hab ich keinen Bock, mich schon nachmittags zu besaufen, aber ich bin nervös wegen unserer Flyer, und das Bier macht das Leute-Anquatschen auf jeden Fall geschmeidiger.

Missbilligend beäugt Janine die zwischen uns hin und her wandernde Dose, bis sie es nicht mehr aushält. »Müsst ihr um diese Zeit schon trinken?«, bemerkt sie stirnrunzelnd. »Es ist doch noch nicht mal um vier.«

»Genau, kein Bier vor vier!«, grölt Rosa, die schon leicht einen sitzen hat. »Geil, die kennt Normahl!« Sie reißt beide Arme über den Kopf.

»Hä?«, macht Janine.

»›Kein Bier vor vier‹ heißt das erste Album von Normahl, eine Deutschpunkband«, belehrt Rosa sie, als hätte sie es mit einer Beschränkten zu tun.

»Was auch immer.« Janine versucht Rosa, so gut es geht, zu ignorieren. »Wisst ihr, was ich jetzt für ein Projekt gestartet hab?«

»Was denn?«, frage ich der Höflichkeit halber, denn ich ahne schon, dass es nur was mit Gott zu tun haben kann.

»Ich faste!«, platzt Janine freudig heraus. »Ich esse nur noch drei Äpfel am Tag und trinke Kräutertees und Wasser. Wie die heilige Hildegard!«

»Na halleluja!«, brummt Rosa.

»Welche Hildegard?«, will ich wissen, nun doch minimal interessiert.

»Hildegard von Bingen! Die hat schon im Mittelalter gefastet. Dadurch spart sich der Körper die tägliche Verdauungsarbeit, und die frei gesetzte Energie geht direkt in die Seele. So kommt man Gott näher.«

Rosa verschluckt sich fast an ihrem Bier. »War die Bingen nicht katholisch?«, bemerkt sie spitzfindig.

Wie alle Gläubigen in unserer Kleinstadt gehört Janines Familie der evangelischen Kirche an.

»Was zählt, ist der Glaube«, entgegnet Janine pikiert und wendet sich ab, um weiter Handzettel zu verteilen. »Hier! Lesen Sie mal! Rechte wollen in unserer schönen Stadt einen Tätowierladen aufmachen. Das können wir doch nicht zulassen, finden Sie nicht auch?« Energisch wedelt sie mit dem Handzettel vor dem Gesicht eines älteren Herrn mit Hut herum.

Der Opa nickt benommen unter dem Redeschwall, der auf ihn einströmt. »Na dann gib mal her, Mädchen!«, sagt der Alte und steckt sich den Handzettel in die Hintertasche seiner ausgebeulten Cordhose.

»Gott sei mit Ihnen!«, flötet Janine ihm nach.

Mir gefriert das Blut in den Adern, aber Rosa hat es schon gehört.

»Bist du verrückt geworden?« Sie packt Janine an der Schulter und wirbelt sie zu sich herum. »Das kannst du hier nicht bringen! Willst du die Leute vertreiben?«, faucht sie sie an.

»So verabschiede ich mich eben. Kann doch jeder machen, wie er will. Was soll daran falsch sein?«, gibt Janine ungerührt zurück.

Rosa lacht ungläubig, als könne sie nicht fassen, wie jemand so blöd sein kann. »Siehst du das hier?« Rosa dreht Janine ihren Rücken zu, damit sie das rote A im Kreis auf ihrer Lederjacke in Augenschein nehmen kann.

Ich ahne schon, was gleich kommt, und muss ein bisschen kichern.

»Weißt du, was das heißt?«, will Rosa brüsk von Janine wissen.

»Asozial?«, bekommt sie pampig zur Antwort. Janines Augen funkeln angriffslustig.

»Nee, du Christenfisch. Das steht für A-nar-chie! Schon mal davon gehört? Kein Gott, kein Staat, kein Patriarchat!«

»Fein! Dann bin ich hier ja wohl überflüssig!« Bei diesen Worten schaut Janine mich an, als erwarte sie, dass ich eingreife.

Mich hat der Glaubensstreit eher amüsiert, daher fällt meine Reaktion etwas zögerlich aus. »Rosa meint das nicht so«, mache ich einen schwachen Versuch zu schlichten.

Aber da drückt Janine mir auch schon ihren Stapel Flyer in die Hand und stampft im Trubel der Fußgängerzone davon.

»Und ob ich das so meine!«, pampt Rosa mich an, nachdem Janine unser Sichtfeld verlassen hat. »Was findest du bloß an dem Christenfisch?«

»Das war fies«, erwidere ich. »Janine ist echt in Ordnung, wenn man mal von ihrem Jesus-Tick absieht. Außerdem hat sie gut Handzettel unter die Leute gebracht, das musst du zugeben.«

»Ach! Was die kann, können wir schon lange!« Schwungvoll knallt Rosa ihr Dosenbier auf den Boden und reißt mir ein paar Flyer aus der Hand.

»Gegen die Nazipest in unserer Stadt!« Voller Tatendrang hält sie einer Passantin mittleren Alters mit gedrückter Lockenfrisur einen Flyer unter die Nase.

Die Frau nimmt Rosa das Flugblatt mit spitzen Fingern ab, aber so, wie sie schaut, wohl eher aus Angst als aus aufrichtigem Interesse. Und Tatsache: Keine paar Sekunden später segelt der Flyer auch schon vor der automatischen Schiebetür der Drogerie zu Boden.

Rosa stampft wütend auf wie ein Stier. »Das darf doch nicht wahr sein! Geht's den Leuten echt so am Arsch vorbei, was in dieser Stadt abgeht? Jetzt kapier ich, wie Hitler damals an die Macht kommen konnte: Kein Wunder, bei den gleichgültigen Zombies!«

»Gräm dich nicht!«, versuche ich, sie aufzumuntern. Aber auch ich muss trübe der Tatsache ins Auge blicken, dass wir seit Janines Abgang viel weniger Handzettel unter die Leute bringen. Und die, die wir loswerden, lassen die meisten gleich wieder fallen. Die hässliche Fresse von Ronny Messerschmidt vornedrauf tut da ihr Übriges.

Um die Stimmung zu heben, schlage ich Rosa ein Spiel vor: Schuhe-Raten. Mit höchster Konzentration starren wir auf den grauen Asphalt der Fußgängerzone, wo verschiedenste Rateobjekte vorbeigestakst, -gehetzt oder -getrottet kommen.

»Braune Absatzschuhe, fleischfarbene Strumpfhose, was könnte das sein?«, frage ich.

Mit Kennerblick mustert Rosa ein Paar kurze gedrungene Beine, das geschäftig an uns vorbeistelzt. »Ne alte SED-Genossin?«

»Ich tipp eher auf Hausfrau vom Dorf auf Wochenendeinkauf!«

Rosa gibt mir recht.

»Guck mal, ein paar buntgesprühte Doc Martens!«

Gebannt verfolgen wir das Paar Füße, das geräuschvoll in unser Blickfeld geschlurft kommt.

»Pseudopunk oder Hippie!«, vermute ich.

Die Person, zu der die Stiefel gehören, trägt tatsächlich blonde, abgetakelte Rastazöpfe auf dem Kopf, die aussehen, als würden sie nur von unzähligen bunten Perlen zusammengehalten werden.

»Hab ich's nicht gesagt?«, grinse ich.

»Oha, jetzt klau'n die Hippies schon unser'n Look«, schimpft Rosa, deren Laune sich nur unwesentlich gebessert hat. »Die sollen mal schön wieder zurück zu ihren Jesuslatschen wie 1969!« Und mit gespielt freundlicher Stimme fragt sie den Hippie: »Willste nen Flyer?«

Der Typ nimmt den ihm angebotenen Handzettel bereitwillig an und starrt ungläubig auf das Foto des abgebildeten Nazis mit Iro. »Was? Ronny Messerschmidt als Punker?! Ich pack mich weg. Das pinn ich mir über meine Bong. Danke, Mädels, ihr habt mir den Tag gerettet!« Pfeifend zieht der Hippie von dannen.

Rosa und ich sehen uns an und prusten los.

Wenig später bauen sich zwei Paar Springerstiefel vor uns auf. Ich stiere dümmlich auf das glänzende schwarze Leder mit den weißen Schnürsenkeln darin, die hell und rein gegen die Sonne strahlen. Darüber tun sich zwei Paar saubere Jeans auf, durch deren Schlaufen Armeegürtel gezogen sind, und olivgrüne Bomberjacken. Den Abschluss bilden glattrasierte, bis zum Hals tätowierte Schädel mit grimmig dreinblickenden Mienen.

Rosa und ich brauchen nicht lange raten, um was es sich hierbei handelt.

Ronny Messerschmidt, der so breit ist wie hoch, verzieht sein brutales Gesicht zu etwas, das einer nach innen gestülpten Kartoffel gleicht.

An seiner Hand zerrt hechelnd sein Boxer. Mit einer beiläufigen Bewegung wischt er mir die Flyer aus der Hand, die wie Konfetti zu Boden regnen. Zu Dutzenden ziert das Erinnerungsfoto an Ronnys Punkzeiten den Asphalt und wird von eifrigen Einkäufern übertrampelt.

Ich starre auf das Bild des Nazis mit Iro und kriege ein ungutes Gefühl, das sich stechendheiß und bleischwer in meinem Bauch ausbreitet.

»Was wird'n das hier?«, ergreift Ronny das Wort, in einem Tonfall, der mich wünschen lässt, ich sei mit Janine bei ihrem Teenie-Kreis oder mit Mutter und Bullenrolf vor *Wetten, dass..?* – irgendwo, nur nicht hier auf offener Straße in Gesellschaft zweier wütender Nazis.

»Anständige Deutsche verunglimpfen, die versuchen, sich was aufzubauen?« Ronnys Gesicht wechselt die Farbe. »Die Schande der Stadt seid ihr! Verpisst euch lieber, ihr Dreckszecken, bevor ich mich vergesse!« Der Kampfhund fällt kläffend in das Gebrüll seines Herrchens ein.

»Aus, Rommel!«, blafft der Nazi den Boxer mit rollendem R an.

Der Köter verstummt sofort und legt die Ohren an.

Vor Schreck spüre ich meine Beine nicht mehr. Aber die müssten sich jetzt mal langsam in Bewegung setzen. Panisch schiele ich zu Rosa. Die hat echt den Nerv, noch ihr Bier auszutrinken. Das glaube ich jetzt nicht! Mit einem wonnigen Stöhnen setzt sie die Dose ab und ein künstliches Grinsen auf. Das nervöse Zucken ihrer Mundwinkel ist mir jedoch nicht entgangen.

»Was gibts'n da zu feixen, Zecke?« Ronny langt Rosa eine, noch während er das sagt.

Das eklige Klatschen, mit dem die kindskopfgroße Hand des Nazis in ihrem Gesicht landet, haut Rosa fast zu Boden, so hart schlägt er zu.

Ich hab meine Schreckstarre endlich überwunden. Am Arm packe ich die verwirrt dreinschauende Rosa und zerre sie einfach mit.

Die Glatzen nehmen sofort die Verfolgung auf. Das Hundegebell fällt bedrohlich in unsere Ohren. *Der bringt es fertig und hetzt den auf uns*, denke ich beim Rennen.

Mitten durch die Fußgängerzone voll einkaufstütenbepackter Zombies und gemächlich dahinschlendernden Familien mit plärrenden Kindern treibt uns unser Spießrutenlauf. Aber diese Kleinstadt wäre nicht diese Kleinstadt, wenn einer der Passanten, die gaffend und staunend stehen geblieben sind, uns zu Hilfe geeilt käme. Dabei würde ich mich jetzt sogar vom Lover meiner Mutter retten lassen. Aber der Bulle hockt ja nur behäbig hinter seinem Schreibtisch.

Neben mir keucht Rosa nach Luft. Lange kann ich auch nicht mehr so rennen. In unvermindertem Tempo preschen wir über den Marktplatz, vorbei am Brunnen, der nichts Vertrautes mehr hat. Die Straßen gehören in dem Moment ganz den Nazis. In einem Hauseingang halten wir schnaufend inne und riskieren einen Blick zurück.

Ronny und sein Kumpel haben bei unserem Brunnen Halt gemacht und stehen auf seinem Rand wie zwei Soldaten, die Speerspitze der nationalen Bewegung. Ihre rechten Arme ragen straff gen Himmel wie beim Synchronschwimmen.

»Wir kriegen euch alle!«, brüllt Ronny unbestimmt über den Marktplatz, denn wir sind schon außer Sicht.

Doch das Versprechen bleibt uneingelöst, zumindest für heute. Offenbar haben die Glatzen es für wenig lohnenswert befunden, zwei pubertierende Punkerinnen zu verkloppen und sich dafür die Seele aus dem Leib rennen zu müssen.

Rosa und ich laufen Richtung Schlosspark, um uns zu erholen.

»Komm!« Rosa zieht mich unter die Treppe des Schlosses, das über den Park wacht. Unter den Steinstufen tut sich ein Hohlraum auf, den man auf den ersten Blick nicht bemerkt.

»Hier schlafen manchmal im Sommer die Obdachlosen vom Bahnhof«, erklärt sie mir.

Es riecht muffig unter der Treppe. Zerdrückte Bierdosen, Glasscherben und Kippenstummel zeugen davon, dass jemand hier war, genau wie die Reste eines verkokelten Schlafsacks. Gemütlich ist was anderes, aber egal. Hauptsache wir sind erst mal sicher!

Atemlos lasse ich mich gegen die Wand sinken. Der kalte Herbstwind, der kräftig in den Hohlraum pustet, kühlt unsere vom Rennen verschwitzten Körper. Aus dem Versteck heraus flirren meine Augen in alle Richtungen über das braune Gras des Parks.

»Keine Glatzen zu seh'n!«, melde ich erleichtert.

Rosa schnauft neben mir zur Antwort wie eine Lokomotive. Ihr Kopf ist so rot, dass es aussieht, als ob er gleich platze. Fehlt nur noch, dass Dampf aus ihren Nasenlöchern strömt. Erledigt lässt sie sich neben mich fallen und japst: »Erst mal eine quarzen auf den Schreck, oder?«

Mit geübten Bewegungen zündet sie sich eine Zigarette an und inhaliert tief, ohne mich dabei anzusehen. Wortlos hält sie mir die Kippe hin, obwohl sie weiß, dass ich nicht rauche.

Ich greife trotzdem nach der Zigarette, die eben noch Rosas Lippen berührte, und ziehe daran, bis der kleine Vulkan an der Spitze orangerot aufglüht. Aber ich sauge mir nur Rauch in den Mund.

»Tiefer!«, fordert Rosa, und ein Lächeln schleicht sich in ihr Gesicht.

Todesmutig ziehe ich erneut an der Kippe. Diesmal kriege ich einen Lungenzug hin, von dem mir ganz schwindelig wird, gefolgt von einem markerschütternden Hustenanfall.

Hastig nimmt Rosa mir die kostbare Kippe aus der Hand. Wir rauchen schweigend zu Ende. Noch immer vermeidet sie es, mich anzusehen. Unter dem rechten Auge wird ihre Wange langsam dick.

»Tut's sehr weh?«, breche ich unser Schweigen und widerstehe dem Impuls, Rosa über die Wange zu streichen.

»Wie war es denn jetzt eigentlich, Strauch zu küssen?«, kommt es aus heiterem Himmel.

»Wie bitte?« Mir fallen fast die Augen aus dem Kopf.

Als Rosa meinen Blick sieht, kann sie sich ein Lachen nicht verkneifen. »Glaubst wohl, das hätte ich nicht mitgekriegt? Strauch kann doch nie seine Klappe halten. Der und Lupo sind die größten Tratschtanten unter der Sonne«, klärt sie mich auf.

»Äh, der hat mich bei dem Konzi voll überrumpelt. Ich hatte eigentlich gar nicht so Bock drauf«, rede ich mich raus und nestle an den Schnürsenkeln meiner Stiefel herum. Ich versuche, den Anflug von Scham niederzukämpfen, einmal, weil ich mit Strauch geknutscht hab, und zweitens, weil ich versucht hab, es vor Rosa zu verheimlichen.

»Ist klar«, sagt Rosa, als ob sie das alles nicht interessiere. »Und wie war der Kuss jetzt?«

Ich kichere nervös.

»Na ja, der hat halt so komisch in meinem Mund rumgemacht … so propellermäßig.«

»Zeig mal!« Rosas Augen sprühen vor Vergnügen.

Ich kann nicht glauben, was ich da höre. »Wie zeigen?«, frage ich lahm.

Statt eine Antwort zu geben, legt Rosa ihren Kopf schief und öffnet leicht den Mund.

Zögerlich nähere ich mich ihren Lippen, aus denen weiße Atemwölkchen entweichen, und möchte vor Verlegenheit am liebsten sterben. Wie sehr hab ich mich danach gesehnt, diese Lippen zu berühren, sie zart mit meinen zu streifen, zu liebkosen, erkunden, schmecken. Stattdessen schraube ich Rosa meine Zunge in den Mund und rühre ein paarmal damit um.

Lachend entzieht sie sich meinem feuchten Kuss.

»*So* hat Strauch gemacht!«, sage ich entschuldigend. Die Scham brennt wie Feuer in mir. Auf diese Weise hab ich mir einen Kuss mit Rosa garantiert nicht ausgemalt.

Rosas Lachen verebbt.

Ich höre sie etwas sagen, aber mein Herz pocht so laut in meinem Hals vor Anspannung und Scham, dass ich es nicht verstehe. Ich kann sie nicht ansehen. Nie wieder vielleicht.

Rosa sagt noch etwas, von weit weg.

»Hm?«, frage ich matt.

»So küsse ich, weißt du …« Mit einer Drehung ihres Kopfes verkürzt Rosa erneut den Abstand zwischen unseren Gesichtern. Sie kommt mir so nah, dass ich den feinen Schweißfilm über ihrer Oberlippe schimmern sehen kann und den Duft ihrer warmen Haut wahrnehme, der sich mit dem aufregenden von Angstschweiß mischt.

Rosa haucht ihre Lippen auf meinem Mund. Weich und zart ist ihre Berührung und verursacht ein Prickeln auf meiner Haut, das bis unter die Haarspitzen geht. Und dann küsst sie mich richtig, und ich vergesse meine Scham, vergesse Strauch, die Faschos und Bullenrolf, vergesse meine Mutter und überhaupt alles, an das ich bisher gedacht hab. Es gibt nur noch Rosa und ihren Mund und was er mit mir anstellt.

»Alles okay?«, fragt Rosa mit rauer Stimme nach einer Endlosserie von Küssen. Ganz so, als müssten wir uns erst wieder daran erinnern, dass man den Mund auch zum Sprechen gebrauchen kann.

Ich nicke stumm und küsse sie als Antwort auf die Lippen, die mir jetzt schon ein bisschen vertraut sind. Voll in der Mitte und sanft geschwungen nach außen, mit dem wilden Aroma von Kippen und Bier. Wenn ich's mir recht überlege, sind Rosas Lippen wohl das, was man sinnlich nennt. Ich blinzele sie an und stupse gegen ihre lustige Knubbelnase.

Rosa drückt mir einen Kuss auf die Stirn. »Ich muss langsam«, sagt sie. Es ist erst das zweite Mal, dass Worte fallen, seit wir uns geküsst haben. Vorsichtig löst sie sich aus unserer Umarmung.

»Musst du noch wohin?«, frage ich leichthin und kann meinen Blick kaum von ihren Lippen lösen.

»Ich geh noch zu Armin.«

Ungläubig starre ich auf Rosas Mund, als könnte ich nicht glauben, was sie da eben gesagt hat. Vielleicht meinte sie eigentlich »Du küsst echt voll gut«, und ihr Gehirn hat da irgendwas durcheinandergebracht, sodass aus Versehen dieser Satz rauskam. Doch ob ich will oder nicht, muss ich wohl der Tatsache ins Auge blicken, dass Rosa meint, was sie sagt.

»Ach so«, murmele ich wie zu mir selbst. Ach so.

Meine Knie sind plötzlich wieder ganz weich wie bei unserem Kuss. Die Kälte kriecht mit Frostfingern an mir hoch. Was hab ich auch gedacht? Dass nach ein paar weltverändernden Küssen alles anders ist und Rosa jetzt mit mir geht, statt mit Armin? Wär ja witzig, wenn das in der Kaufhalle auch so funktionieren würde: einmal berührt, und schon gehört es einem. Fast müsste ich lachen bei dem Gedanken, wenn mein Kopf nicht gerade ein einziger Trauerkloß wäre. Von Himmelhochjauchzend zu Tode betrübt. Das muss diese Liebe sein, von der immer alle reden.

Komm, Lexi, sag noch was, irgendwas, das zeigt, dass dir das nix ausmacht und du eine coole Sau bist!, wirbelt es in meinem Kopf. »Grüß Armin mal von mir!«, sage ich schwach.

»Mach ich.« Rosa kann mich immer noch nicht richtig ansehen. Mit halb erhobenen Armen steht sie vor mir. Bis ich endlich kapiert hab, dass sie mich zum Abschied umarmen will.

Es ist eine Umarmung der Sorte Kumpel, stelle ich ernüchtert fest. Kein schmachtendes Aneinanderklammern wie in einem Hollywood-Film, das die Zeit bis zum nächsten Wiedersehen überbrücken soll. Freundinnen. Fröstelnd sehe ich zu, wie Rosa mit schlenkernden Armen über die ins Halbdunkel getauchte Wiese davonstapft und sich immer weiter von mir entfernt. Ich warte, ob sie sich noch mal umdreht und winkt. Sie tut es nicht, und ich schaue ihr nach, bis die Dämmerung ihre Silhouette verschluckt.

Kapitel 12

Jetzt hätte ich am liebsten ein Bier oder würde mir gern eine Kippe drehen, obwohl ich ja nicht mal rauche. Aber irgendwie hat es sowas Beruhigendes, Cool-Distanziertes. Erst mal eine Kippe drehen, dann sieht man weiter.

Aber ich drehe mir keine und weiß auch nicht, wie es weitergehen soll. Die Dämmerung ist bis in den Hohlraum unter der Schlosstreppe gekrochen. Ich kriege ein bisschen Angst. Was, wenn doch Faschos hier auftauchen? Wenn sie nach der Flyer-Aktion erst richtig Jagd auf uns machen?

Ich kann keinen klaren Gedanken fassen. Mir schwirrt der Kopf von Rosas Küssen. Wie gern würde ich jemandem davon erzählen! Aber Janine ist bestimmt sauer auf mich, weil ich sie hab ziehen lassen, und Mutter ist immer noch angefressen wegen Rolf. Bleiben nicht so viele übrig.

Die Letzten, zu denen ich gerade will, sind die Punks. Das würde ich jetzt nicht aushalten, mit Rosa in Armins, Lupos und Strauchs Gesellschaft dazuhocken, Blödsinn zu labern und so zu tun, als wär nix.

Weil es nicht nur dunkel, sondern auch arschkalt unter der Schlosstreppe geworden ist, beschließe ich, unser Versteck zu verlassen. Als ich mir die Kapuze ins Gesicht ziehe, trifft es mich wie ein Schlag: Mein Vater wollte mich heute treffen! Ich pule meine alte Digitaluhr aus dem Rucksack: Scheiße, schon kurz vor sieben! Er schrieb, dass er mich um sieben im »Alten Ritter« erwartet, einem gutbürgerlichen Restaurant in der Nähe vom Bahnhof. Wenn ich mich spute, könnte ich es noch schaffen.

Wie ein aufgescheuchtes Reh renne ich los, quer durch den dunklen Park. Abgehetzt passiere ich zwei Ritterstatuen aus Leichtmetall, die mit gezückten Schwertern den Eingang zum Restaurant flankieren, und finde mich verschwitzt und schnaufend mitten in dem hell erleuchteten Lokal wieder.

Ich ziehe die Kapuze ab und sehe am geringschätzigen Blick des Kellners, dass ich hier fehl am Platz bin oder mich mindestens so fühlen soll. Hastig überfliege ich die anwesenden Gäste. Als ich meinen Vater das letzte Mal gesehen hab, trug er kurze braune Haare und eine Brille. Aber keiner der Anwesenden kommt dem nahe. Drüben vorm Fenster hockt ein Typ mit Vollbart, flankiert von seiner Frau und seinen Bälgern, der mich interessiert mustert.

Als ich mich abwenden will, fängt er euphorisch an zu winken. Ich peile gar nichts. Bis der Typ aufsteht und mit ausgebreiteten Armen auf mich zukommt.

»Papa!«, piepse ich überrascht.

Ich lasse mich in den Arm nehmen und schmiege meine Wange kurz an sein raues Hemd, aus dem ein kleiner Bauch hervorsticht. Der ist neu. Aber riechen tut er noch genau wie damals, nach Werkstatt, Metall und ein bisschen Schweiß. Ich mag den Geruch. Der Vollbart, den er sich hat wachsen lassen, bringt seine lieben Augen noch mehr zur Geltung.

»Komm, jetzt lernst du meine Familie kennen«, sagt er gut gelaunt.

Ich spüre einen Stich im Bauch. Das war nicht abgemacht! Ich dachte, ich würde ihn allein treffen, so klang es zumindest in seinem Brief, und dann schleppt der gleich seine neue Familie an! Es ist ja wohl nicht zu viel verlangt, den eigenen Vater nach Jahren des Nichtsehens wenigstens ein paar Stunden für sich allein zu haben.

Mit aufgesetztem Lächeln trete ich an den Tisch, murmele ein Hallo und schüttele drei Hände. Die seiner Frau und ihrer beiden Kinder: Sophia und Johannes, strenggenommen meine Stiefgeschwister. Die

Frau, um deren Hals ein goldenes Jesus-Kreuz an einer feingliedrigen Kette baumelt, stellt mein Vater als »seine Lima« vor.

»Bestellt, was ihr wollt!«, verkündet er großzügig, nachdem wir Platz genommen haben, und klatscht in die Hände. »Unser Wiederseh'n muss doch gefeiert werden!«

Auf der Karte gibt es fast nur Steak und andere Fleischgerichte der gutbürgerlichen Küche. Steak mag ich nicht. Deshalb entscheide ich mich für den Pommesteller von der Kinderkarte und ernte dafür von Sophia und Johannes pikierte Blicke.

Ich kann nicht aufhören, auf das riesige Kreuz von Vaters neuer Frau zu starren, das sie vor sich herträgt wie ein Schild. Meine Stiefgeschwister halten größtmöglichen Abstand zu mir und beäugen ab und an meine rasierte Kopfhälfte. Himmel, bin ich froh, als das Essen vor uns hingestellt wird! Ich will mich sofort über die dampfenden Pommes hermachen.

»Moment noch!«, hält mein Vater mich am Arm zurück.

Verdutzt blicke ich von meinem Teller hoch.

Da faltet mein Vater seine vertrauten Hände, an denen sein neuer Ehering funkelt, und spricht mit gesenktem Kopf ein Dankgebet für das »reiche Mahl«.

Ich bin wie vor den Kopf gestoßen. Schleppend erzähle ich über den wabbeligen Pommes, wie es in der Schule läuft und mit etwas Häme, dass Mutter einen neuen Freund hat.

»Freut mich, wenn Gabi glücklich ist«, bemerkt mein Vater und wechselt dann das Thema.

Johannes will sein Steak nicht essen, weil es knorpelig ist, wie er sagt. Seine Mutter besteht aber darauf, weil sonst das Schwein völlig umsonst gestorben sei. Er müsse den Tod des Schweins jetzt würdigen, indem er dieses Steak restlos aufesse. Johannes schüttelt störrisch den blondgelockten Schopf und lässt seine Gabel abrupt auf den Teller fallen, dass es klirrt.

Das Rentnerpaar am Nebentisch dreht die grauen Köpfe.

»Wenn du dich ärgerst, mein lieber Johannes, kannst du gerne mal raus an die frische Luft gehen und kurz laut schreien. Aber wenn du hier am Tisch so wütend wirst, dann gibt es nur eine Person, die sich darüber freut … Wisst ihr, wer das ist?«, beschwört sie die Kinder mit eindringlichem Blick.

Der Teufel!, schießt es mir durch den Kopf. Gleichzeitig denke ich, dass sie den ja wohl nicht ernsthaft meinen kann. Wir sind hier schließlich nicht in einem schlechten Bibelfilm.

Die kleine Sophia stupst ihren bockigen Bruder an.

»Der Teufel«, presst Johannes daraufhin mit fiepsigem Stimmchen hervor, als hätte er Angst, dass der Leibhaftige hier mitten im Restaurant in einer stinkenden Schwefelwolke aus dem Boden aufploppt.

»Ganz genau!«, bestätigt mein Vater. »Und nun iss schön auf, ja?«

Ungläubig lasse ich den Kopf von einem zum anderen schweifen.

Als Johannes endlich ein Stück von seinem Steak abbeißt, zwinkert mein Vater mir verschwörerisch zu.

Moment mal, ist die ganze Teufelstory vielleicht nur einer dieser elterlichen Tricks, mit denen man seine Kinder zum Essen kriegt? Wenn ich früher meinen Griesbrei verschmähte, hat Papa solange mit dem Löffel das Flugzeug gemacht, bis ich vor Lachen Hunger bekam.

Doch mein Vater zerstört meine vage Hoffnung, es könnte sich alles nur um einen Scherz handeln. Er fängt an, davon zu faseln, dass die Menschen im Paradies anfangs gar keine Tiere aßen, sondern sich ausschließlich von Früchten und Pflanzen ernährten, und dass wir es einem Zugeständnis von Gott zu verdanken hätten, dass wir heute Fleisch essen dürfen.

Das reicht!

»Muss mal kurz frische Luft schnappen. Mir ist übel«, entschuldige ich mich nach draußen.

Ich brauche ein wenig, um den Familien-BMW meines Vaters auf dem schlecht beleuchteten Restaurant-Parkplatz zu finden. Aber dann bin ich mir todsicher: Auf seinem Heck prangt ein Christenfisch in allen Regenbogenfarben. Ich greife mir kurzerhand einen Stein und verpasse dem Fisch Teufelshörner, schön tief ins Metall eingekratzt. Der Schuldige kann nicht ausfindig gemacht werden. Mein Vater wird ab jetzt wahrscheinlich davon überzeugt sein, dass die Gegend um unsere Kleinstadt eine Satanistenhochburg ist.

»Alles gut?«, fragt mein Vater mitfühlend, als ich wieder im Restaurant Platz nehme. »Ich meine fast, du bist ein bisschen bleich um die Nase.«

Ich nicke hastig. Nicht, dass sie noch auf die Idee kommen, für mich zu beten! Mit flauem Magen quäle ich mir den Rest der Pommes rein.

Mein Vater guckt ganz lieb, als er sagt: »Komm uns doch mal besuchen! Lima und ich würden uns wahnsinnig freuen, und Sophia und Johannes sicherlich auch, was?«

Die Kinder zeigen keinerlei Reaktion, sondern starren mich nur mit geweiteten Augen an.

Ich wünschte, mir würden von jetzt auf gleich Teufelshörner aus der Stirn schießen. Muhahahahaaa!

»Ich fände es schön, mehr von dir zu erfahren, Lexi«, springt Lima in die Bresche.

Als sie meinen Namen ausspricht, zucke ich innerlich zusammen.

»Dann lernst du auch mal unsere Gemeinde kennen.« Sie legt ihre kleine sehnige Hand auf die vertraute meines Vaters.

»Klar, das machen wir«, murmele ich und weiß in dem Moment schon, dass ich ihrer Einladung niemals Folge leisten werde.

»Bist du jetzt ein Junge oder ein Mädchen?«, fragt mich meine Stiefschwester zum Abschied.

Ich antworte nicht und lasse das Christenmädchen mit seiner Frage zurück, genau wie Vaters neue, wie verrückt winkende Frau und meinen Vater, dem Tränen der Rührung in den Augen stehen.

Ziellos haste ich durch die Straßen und versuche, dieses Treffen aus meinem Kopf zu kriegen. Jetzt ist auch noch mein Vater wiedergeboren worden und in Jesus' Fänge geraten! Ich kann es nicht fassen: Da flieht der extra aus der DDR vor dem SED-Regime, um sich anschließend freiwillig unter die Fuchtel Gottes zu begeben! Sind denn alle um mich rum plötzlich verrückt geworden?

Ich verspüre das dringende Bedürfnis, mich zu betrinken. Instinktiv zieht es mich zum Bahnhof, der Sammelpunkt für die paar Gestrandeten und Alkis ist, die diese Stadt aufzubieten hat. Ich nehme erst mal Platz auf einer Bank auf dem Bahnsteig, der spröde im orange-kalten Licht der Laternen daliegt. Die Beleuchtung lässt die wenigen Wartenden aussehen wie augenberingte Zombies.

Ein Schild heißt die ankommenden Passagiere willkommen. »Unsere Stadt ist bunt!« steht in fröhlichen Farben darauf. Solche Schilder hat der Bürgermeister nach den Ausschreitungen gegen vietnamesische Gastarbeiter in Rostock-Lichtenhagen vor zwei Jahren an allen strategisch wichtigen Punkten der Stadt aufstellen lassen. Blöd daran ist nur, dass man mit ziemlicher Sicherheit davon ausgehen kann, dass es sich um ein Nazi-Kaff handelt, wenn extra Schilder aufgestellt werden müssen, die auf die Buntheit eines Ortes hinweisen.

Dass ich so aussehe, als ob ich auf einen Zug warte, gibt meinem Dasein wenigstens einen Sinn. Als quietschend die Regionalbahn einfährt, würde ich am liebsten einsteigen. Aber ich widerstehe dem Impuls, aufzuspringen, weil mir im selben Moment einfällt, dass der Zug mich nur in ein anderes Kaff bringen würde, in dem es mit an Sicherheit grenzender Wahrscheinlichkeit ähnlich zugeht wie in meinem. Fröstelnd vergrabe ich die Hände in den Jackentaschen und sehe den blinkenden Lichtern der Bahn nach, die in die Dunkelheit rauschen.

»Tach auch!« Eine Krächzstimme reißt mich aus meinen Gedanken. Als ich hochschaue, bemerke ich, dass sie zu einer Frau gehört.

»Hast du'n bisschen Kleingeld für ne Obdachlose übrig?«

Die kommt ja wie gerufen! Mit klammen Fingern wühle ich in meiner Hosentasche und ziehe einen verkrumpelten Schein hervor. »Fünf Mark, wenn du mir davon'n Bier kaufst«, sage ich lässig.

Die Obdachlose kriegt große Augen. »Darfst du überhaupt schon trinken?«, bekomme ich zu hören.

Aber die Schnapsfahne der Frau disqualifiziert sie sofort für diese Frage. Oder vielleicht qualifiziert sie sie gerade dafür.

»Klar, ich bin schon sechzehn!«, antworte ich mit fester Stimme, aus der ich jede Piepsigkeit zu vertreiben versuche.

Die Frau kneift die Augen zusammen, kann aber wegen der schummrigen Bahnhofsbeleuchtung anscheinend nicht viel erkennen. »Na gut, ich kauf dir eins«, gibt sie zögerlich zur Antwort. »Komm mal mit rein, Kleiner, hier holste dir ja den Tod!«

Die denkt offenbar, ich sei ein Typ. Soll mir recht sein. Fast dankbar stolpere ich der Frau in die Bahnhofshalle hinterher, in der noch die Mitropa geöffnet hat. Also, was zu DDR-Zeiten mal die Mitropa war. Jetzt heißt der Laden, der morgens heißen Kaffee in Pappbechern und abends lauwarmes Bier ausgibt, schlicht »Bahnhofsstübchen«.

Die Frau kauft mir tatsächlich ein Bier und eines für sich selbst und bietet an, es gemeinsam zu trinken.

Sie führt mich zu zwei Obdachlosen, die an der Fliesenwand der zugigen Bahnhofshalle ihr Lager aus Pappkartons aufgeschlagen haben. Die Frau stellt sie als Peppi und Jacko vor. Ich zögere kurz, mich dazu zu setzen. Vielleicht haben die Obdachlosen gar keinen Bock auf ein wohlbehütetes Punkmädchen, das nach einem Bier wieder in die Wärme und den Schutz des häuslichen Nests zurückkehren kann, um hinterher vor ihrer Clique mit ihrem kleinen Abstecher auf den Boden der Gesellschaft anzugeben. Aber Peppi und Jacko scheinen nichts dergleichen zu denken. Sie sind sichtlich erfreut, mal ein neues Gesicht zu sehen.

Schüchtern sage ich: »Ich bin Alex!«

Die Obdachlosen akzeptieren das widerspruchslos.

Obwohl aus dem Treppenaufgang der Bahnhofshalle alter Klogeruch wabert, der von einem stechenden Reinigungsmittel nur notdürftig übertüncht wird, fühle ich mich sofort wohl. Hier wird nicht gefragt, was man macht oder woher man kommt, sondern es geht plötzlich um ganz grundlegende Dinge: Hast du's auch warm genug? Wo kriegen wir mehr Bier her? Wer hat noch Tabak für ne Kippe übrig? Dass ich nicht rauche, finden die drei Obdachlosen sehr vernünftig.

Sie wirken kein bisschen so, wie ich mir Obdachlose vorgestellt hab. Zwar klingen ihre Stimmen heiser, was vermutlich vom Saufen kommt, aber wenn sie miteinander reden, tun sie es unaufgeregt und in gedämpftem Ton. Sonst würden die Bahnhofsbullen dem Treiben hier wahrscheinlich schnell ein Ende bereiten.

Die paar vorübergehenden Fahrgäste bemerken solche Feinheiten allerdings nicht. Ihre Blicke schwanken zwischen überheblich, ignorant und verächtlich. Am meisten hasse ich die, die mitleidig gucken. So wie eben eine ältere weißgelockte Dame, die ein bedröppeltes Gesicht macht, als könne man nichts für diese bedauernswerten Kreaturen tun. Und dann im warmen Zug bestimmt erst mal schön ihre Klappstullen und eine Thermoskanne mit heißem Tee auspackt. Nicht mal als Punk ruft man eine solche Welle an Reaktionen hervor.

Ich lasse mir lauwarmes Bier in den Mund laufen und spüre einen Anflug von Stolz. Vielleicht kann ich einfach hierbleiben und später mit den anderen ihr Schlaflager aufsuchen, ein Abbruchhaus in der Innenstadt. Ich würde die Schule knicken, tagsüber schnorren gehen und einfach mit Peppi, Jacko und der Frau leben, unabhängig und frei.

Plötzlich tritt jemand gegen meinen Schuh.

Als ich aufschaue, steht da Strauch, unter dessen ins Gesicht gezogener Kapuze sein »Video 2000«-Käppi hervorlugt. Anscheinend kommt er gerade von der Arbeit.

»Was machst'n du hier?«, will er wissen.

»Abhängen«, erwidere ich cool, als wäre es das Normalste der Welt, meinen Samstagabend mit Obdachlosen am Bahnhof zu verbringen. »Und du so?«

»Ich hab Feierabend. Laufen wir ein Stück zusammen?«

Ich nicke. Mit wenigen Worten verabschiede ich mich von meinen neuen Freunden und lasse ihnen noch ein paar Mark für Kippen da.

»Bist'n korrekter Typ, Alex!«, krächzt die Frau mit der heiseren Stimme. »Alles Gute, ja?«

Mir fällt auf, dass ich sie gar nicht nach ihrem Namen gefragt hab.

»Alex?«, fragt Strauch irritiert, während wir über den Bahnhofsvorplatz trotten. »Machste jetzt einen auf Typ, oder wie?«

Ich zucke mit den Schultern. Das Bier, das ich mit den Obdachlosen getrunken hab, knallt mir an der kalten Luft in den Kopf.

»Dann werd ich eben schwul!« Strauch grinst mich schief aus treuen Hundeaugen an.

Hoffentlich denkt der nicht, dass er mich abschleppen kann! Um ihn abzulenken, frage ich, wie seine Arbeit war. Er erzählt mir eine Geschichte von einem penetranten Kunden, der regelmäßig in die mit einem Vorhang abgeteilte Pornoabteilung geht, um sich auf die Videocover einen zu wichsen. Heute hat Strauch ihn in flagranti erwischt und rausgeworfen. Die Story kann ich toppen!

Nicht ohne Stolz berichte ich ihm von unserer Flyer-Aktion, wie Ronny Messerschmidt Rosa eine gelangt hat und dass wir vor ihm und seinem Kumpel abhauen mussten.

»Oh shit!« Strauch schaut betroffen drein. »Mit Rosa alles okay?«

Mir ist klar, dass sich seine Frage auf Ronnys Schlag bezieht, aber in meinem beduselten Zustand kann ich nicht anders, als automatisch den Kopf zu schütteln.

»Nix ist okay«, murmele ich und beiße mir im selben Moment auf die Zunge.

»Hä?«

»Ach nichts«, lenke ich schnell ein, doch Strauch hat schon Lunte gewittert.

»Komm, Lexi oder soll ich lieber Alex sagen … Du glaubst doch jetzt nicht im Ernst, dass ich mich damit zufriedengebe. Erst machste geheimnisvolle Andeutungen und dann kneifste.« Manchmal kann Strauch ganz schön schlau sein.

»Na gut. Aber du musst schwören, dass du's nicht weitererzählst. Kein Sterbenswort, zu niemandem!«

Im trüben Laternenlicht blitzen Strauchs Augen vor Neugierde auf. »Kein Sterbenswörtchen, ich schwöre!«

Das Bier hat meine Zunge gelockert, sodass es keiner weiteren Verschwiegenheitsbekundungen bedarf, bis ich mit der Sprache rausrücke. »Mit Rosa ist was passiert«, erzähle ich kryptisch.

»Ja? Was denn?« Strauch sieht mich erwartungsvoll an.

Der Hellste ist er wirklich nicht. Außerdem ist es gerade mal eine Woche her, dass er mir seine Zunge in den Hals gesteckt hat. Vermutlich ist er der Letzte, der von meiner Knutschaktion mit Rosa hören will. Aber ich muss dringend mit irgendwem darüber reden, bevor mir der Kopf platzt.

»Rosa hat mich geküsst«, offenbare ich ihm schließlich, froh, dass ich es endlich aus mir rauslassen kann.

»Und weiter?« Strauch guckt mich an wie ein Auto, ganz so, als hätte dieser Kuss nicht das Geringste zu bedeuten.

»Nix weiter!« Jetzt ärgere ich mich doch, dass ich es ihm erzählt hab. »Bist du gar nicht überrascht oder geschockt oder irgend so was?«, versuche ich, eine Gefühlsäußerung aus ihm rauszupressen.

»Wundert mich nicht«, sagt Strauch bloß.

»Wieso?«

»Rosa versucht's doch bei allen. Brauchst dir nix drauf einzubilden.« Er kickt einen Stein vor sich her und starrt auf seine Stiefel. »Wo geh'n wir überhaupt hin?«

»Ich geh nach Hause. Kannst ja noch ein Stück mitkommen. Was meinst'n damit – brauchst dir nix drauf einbilden?«

Strauch kickt den Stein in den Gulli.

»Rosa hat doch schon mit jedem geknutscht«, gibt er unwillig zu. »Erst Lupo, dann ich, und jetzt ist halt Armin an der Reihe.« Er zuckt mit den Schultern. »Wahrscheinlich wollte sie bloß mal wissen, wie's ist mit ner Frau zu knutschen, und jetzt weiß sie's.«

Bei diesen Worten schießt mir das ganze Blut meines Körpers ins Gesicht. »Du bist doch nur eifersüchtig, weil ich dich nicht knutschen will«, werfe ich ihm an den Kopf.

»Glaub's oder glaub's nicht«, entgegnet Strauch leise. »Es ist jedenfalls die Wahrheit.«

»Ein toller Kumpel bist du!« Ich beschleunige meine Schritte und lasse Strauch hinter mir. Im Gehen drehe ich mich noch mal um. »Sieht übrigens echt scheiße aus!«

Strauch ist unter einer Laterne stehen geblieben und macht ein hilfloses Gesicht.

»Dein Basecap!«, rufe ich ihm zu. Ich biege in die nächste Seitenstraße ein und lasse Strauch mit seiner Wahrheit und seinem albernen »Video-2000«-Käppi zurück.

Kapitel 13

Es ist erst Vormittag, und ich halte es schon jetzt kaum noch in meinem Zimmer aus. Ich hab schon Schleim-Keim gehört, ein schnulziges Gedicht geschrieben und Bakunin gelesen. Aber Antworten auf meine Fragen finde ich bei dem russischen Anarchisten genauso wenig wie bei meiner Mutter, die mich immer noch behandelt wie eine Fremde.

Zum dritten Mal in einer halben Stunde rufe ich bei Janine an. Diesmal lasse ich es extra lange schrillen. Nach dem zehnten Klingeln geht sie zu meiner Überraschung ran.

»Hi, wie geht's?«, sage ich, als wäre nichts vorgefallen.

»Gut«, erwidert Janine reserviert und verlegt sich aufs Schweigen.

Ich lausche auf das Knistern im Hörer. Mir ist klar, dass jetzt eindeutig ich mit Reden dran bin.

»Tut mir leid, dass Rosa gestern so blöd zu dir war! Ich wollte nicht, dass du abhaust.«

»Ach, das fällt dir aber früh ein!«, schmollt Janine.

Aber an der Art, wie sie es sagt, merke ich, dass sie sich über meinen Anruf freut.

»Wenn's um Gott geht, kann ich nun mal keine Abstriche machen.«

Ich rolle innerlich mit den Augen. »Jaja, schon gut«, wiegele ich ab. »Hast du vielleicht Lust, was zu unternehmen?«

»Wenn du willst, kannst du zum großen Fastenbrechen bei mir vorbeikommen.«

»Was heißt das? Tee und Zwieback, bis wir fast brechen müssen?«

Janines Gackern im Hörer bestätigt mir, dass wieder alles zwischen uns in Ordnung ist.

»Falsch! Das bedeutet Pizza und sämtliche Abartigkeiten der Zuckerindustrie, die du dir nur vorstellen kannst.«

»Geil, ich bin dabei!«

Auf dem Teppichboden von Janines Zimmer türmen sich Popcorn, verschiedene Schokoladen, mehrere Tüten Chips, saure Schnüre und Coca-Cola-Dosen. Vielleicht wird Janine ja doch wieder vernünftig, denke ich beim Anblick des ganzen Fresskrams. Besser als Schokolade kann auch Jesus nicht sein. Wir haben uns schon eine wagenradgroße Pizza genehmigt, jetzt machen wir uns über den Nachtisch her.

»Und? Bist du Gott eigentlich nähergekommen?«, will ich wissen, während ich mir den x-ten Choco Crossie in den Mund stopfe.

Janine denkt kurz nach und reißt eine Tüte Kartoffelchips auf. »Ja, schon irgendwie. Es ist toll, wenn man enthaltsam lebt und auf was Selbstverständliches wie Essen verzichtet. Ich hab mich die ganze Zeit leicht und befreit gefühlt.«

Die Chips werden umständlich in eine Schüssel gefüllt. Janine langt kräftig zu und stopft sich gierig zwei Handvoll in den Mund.

Ich beobachte sie befremdet. Sie schmatzt und schluckt, dass es nur so eine Lust ist. Plötzlich dämmert mir, dass Essen so ziemlich Janines einzige weltliche Freude sein muss. Kein Alk, keine Kippen, kein Sex vor der Ehe. Was bleibt dann noch groß?

»Ich könnte das ja nicht, so enthaltsam zu leben«, sinniere ich und wickele mir saure Schnüre um den Finger.

»Na ja, enthaltsam-pophaltsam, wie man's nimmt. Knutschen und Fummeln zählen ja nicht, das ist kein Sex!«, gluckst Janine.

Meine Augen weiten sich. »Das sind ja ganz neue Töne! Steht das so in der Bibel?«

»Das steht so in der Bravo!«, tut sie mit geheimnisvollem Grinsen kund.

»Das glaub ich jetzt nicht! Verrat mir sofort, wer es ist!«

Janine stopft sich erst mal umständlich eine neue Ladung Chips in den fettglänzenden Mund, bevor sie mit der Sprache rausrückt. »Erinnerst du dich noch an Leo vom Teenie-Kreis?«, will sie wissen, und ihre Augen fangen an zu glänzen wie ihre fettigen Lippen.

»Der mit dem Kein-Sex-vor-der-Ehe-Bändchen ums Handgelenk?«

»Genau der! … Wir sind jetzt zusammen!« Janine strahlt, als sei ihr soeben der Heilige Geist erschienen.

Undeutlich erinnere ich mich an einen schmächtigen Jungen mit ins Gesicht hängendem Pony und Schwitzehänden.

Janine beugt sich verschwörerisch über die Chipsschüssel und raunt: »Wir haben sogar schon Petting gemacht.«

Wie bitte? Ich traue meinen Ohren nicht. »Ist das nicht verboten bei deinem Verein?«

»Gott sieht das nicht so streng«, erklärt Janine, als wären sie und Gott beste Kumpels.

»Ach was! Heißt das, der ist dir auch unters T-Shirt? Und so?«

»Klar, was denkst du denn? Alle Regionen oberhalb des Äquators wurden bereits erforscht.«

Meine Augen werden immer größer. »Und, wie war's?«

»Toll war's«, schwärmt Janine. »Ein bisschen komisch auch.« Mehr ist fürs Erste nicht aus ihr herauszubekommen.

»Jetzt spuck's schon aus!«, löchere ich sie ungeduldig. »Ich brauche mehr Details.«

»Also gut!« Geräuschvoll verleibt Janine sich noch eine Fuhre Chips ein, um die Spannung zu steigern. »Wir waren bei ihm zu Hause und haben Musik gehört.«

»Was für welche, Rummachmusik?«

Janine verdreht die Augen. »Also jedenfalls kein Kuschelrock oder so. Es war ne christliche HipHop-Band …, glaub ich.«

»Aha!« Ich verziehe das Gesicht.

»Wir haben so rumgeknutscht, und dann hat Leo mich auf sich gezogen und mein T-Shirt hochgeschoben.«

»Einfach so?«

»Das hat sich halt so ergeben.« Janine zuckt mit den Schultern und wirkt sehr abgeklärt in dem Moment. »Leo war auf einmal gar nicht mehr so schüchtern, sondern … wild und leidenschaftlich!« Janine reißt die Augen auf.

»Und wie ging's dir dabei?«

»Na ja, ein bisschen angespannt war ich schon, weil ich meinen fleischfarbenen Oma-BH trug.«

»Wie geil!« Ich pruste los.

»Konnte ja nicht ahnen, dass der ausgerechnet an dem Tag meine Brüste kennenlernen will.« Janine kichert. »Jedenfalls wurden T-Shirt und BH ausgezogen und nicht mehr beachtet. Leo wollte dann auch mehr, aber ich hab seine Hand festgehalten.«

»Abgefahren!« Ich versuche immer noch, darauf klarzukommen, dass Janine vor mir ihre ersten Erfahrungen gemacht hat. Mit ihrem Christenfilm sei das schlicht nicht möglich, dachte ich, und jetzt das! Ich stecke mir noch einen Choco Crossie in den Mund, bevor ich die Bombe platzen lasse. »Ich bin übrigens auch verknallt.«

Janine vergisst die Handvoll Chips, die sie gerade verspeisen wollte, und quiekt los: »Waaaaas? In wen?!«

Ich grinse vielsagend und schweige mich aus.

»Etwa einer von deinen Punkern?«, mutmaßt sie. »Habt ihr schon geknutscht?«

Ich nicke bloß.

»Verrat mir sofort seinen Namen!«

»Ist ja gut.« Meine Fingerspitzen kribbeln vor Aufregung. Nachdem es mit Strauch gestern so beschissen lief, wer wäre besser geeignet, davon zu erfahren als meine beste Freundin? Ich hole tief Luft. »Rosa«, stoße ich hervor.

»Jaja, du hast mit ner Frau geknutscht, aber wer ist der Typ?«

»Rosa«, wiederhole ich geduldig, als hätte ich es mit einer Beschränkten zu tun. »Es gibt keinen Typ!«

Janines Augen quellen ungläubig hervor wie bei einer Kuh beim Anblick der Schlachtbank. Fast überschwemmt das Weiß darin ihre Pupillen. »Wie, du bist in Rosa verknallt?« Ihre Stimme überschlägt sich fast, gleich darauf verfällt sie in brütendes Schweigen.

Irgendwie nimmt Janine es nicht so gut auf, wie ich es mir vorgestellt hatte. Ich stecke mir ein paar Choco Crossies auf einmal in den Mund. Krack krack, knusper, krack. Die plötzliche Stille zwischen uns ist unangenehm.

»Ich mach mir Sorgen um dich!«, findet Janine schließlich doch ihre Stimme wieder und sieht mich bekümmert an. »Das ist nicht gut für dich.«

»Hä?« Überrascht hebe ich den Kopf. Dann fange ich an, laut und schallend zu lachen. »Ehrlich, Janine«, ringe ich mir zwischen zwei Lachsalven ab, »das war dein Bester heut! Nicht gut für mich – der ist richtig gut, weißt du?«

»Das war kein Scherz, Lexi. Seit du mit den Punks abhängst, bist du irgendwie komisch. Du säufst, hast seltsame Ansichten, und jetzt noch das. Unser Teenie-Kreis-Leiter würde sagen, du bist irregeleitet, von Gott entfernt«, erklärt sie todernst.

Ich wische mir eine Lachträne von meinem auf einen Schlag wie eingefrorenen Gesicht. In meinem Magen rumort ein heißer Klumpen aus Choco Crossies und blanker Wut.

»Weißt du, wer wirklich irregeleitet ist?«, sage ich äußerlich ruhig. »Dein scheinheiliger Kackverein! Vornerum so fromm tun mit enthaltsam leben und kein Sex vor der Ehe und so nem Scheiß. Aber hintenrum befummelt ihr euch und sauft und fickt wie der Rest der Menschheit auch!«

Janines fettglänzender Mund steht weit offen, als warte er auf die nächste Ladung Kartoffelchips.

»Ich war noch so blöd, dich zu verteidigen«, setze ich nach. »Aber Rosa hat schon recht, du hast ne Vollmeise! Und nur falls es dich interessiert: Ich lieb sie!«

»Wir sind doch noch so jung, wie kannst du da schon wissen, ob du lesbisch bist?«, beschwört mich Janine. »Komm doch mal wieder mit zum Teenie-Kr…«

Ich sehe sie so kalt an, dass Janine augenblicklich verstummt. Dann räuspere ich mich langanhaltend und spucke ihr seelenruhig in die noch halbvolle Chipsschüssel. Mehr gibt es nicht zu sagen.

Wie eine Furie stapfe ich ziellos durch die Stadt, vorbei an sonntäglichen Spaziergängern, lärmenden Familien und Leuten mit Hunden. Soll mir jetzt ruhig einer der Nazis begegnen, den mache ich platt in meiner Wut! Aber kein Nazi kreuzt meinen Weg. Nachdem ich bestimmt zwanzig Minuten mit geballten Fäusten umhergewetzt bin, haben sich die Wogen in mir etwas geglättet.

Ich hätte Janine ja für vieles gehalten, aber nicht für eine Heuchlerin. Macht sie da wüst mit ihrem Christendeppen rum trotz ihres Enthaltsamkeitsgelübdes, will mir aber erzählen, was richtig und was falsch ist. Auf so eine Freundin kann ich verzichten!

Ich verlangsame meine Schritte, weil ich feststelle, dass ich instinktiv Richtung Marktplatz gelaufen bin. Ob Rosa und die anderen wohl da hocken? Eigentlich ist es heute viel zu kalt zum Draußensitzen. Dann kann ich ja auch kurz mal vorbeischauen, beruhige ich mich selbst. Ich biege in die Seitengasse ein, die zum Markt führt. Als ich mich im Schutz der alten Kaufhalle entlangdrücke, sehe ich schon von Weitem das bunte Häuflein, das am Brunnen rumhängt.

Der Anblick von Rosas gelben Stacheln beschleunigt sofort meinen Herzschlag. Neben ihr sitzt Armin, und auch Lupo und

Strauch sind da, die ganze Clique. Ich presse mich schnell an die Wand, aber Lupo hat mich schon entdeckt.

»Ey, Lexi! Hier drüben sind wir!«, schreit er quer über den Markt.

Ich tue so, als hätte ich die Punks eben erst bemerkt. Betont lässig schlendere ich auf sie zu.

»Hey, schön dich zu seh'n!«, werde ich von Rosa begrüßt.

Ich stehe ein paar Sekunden blöd vor ihr, aber sie macht gar keine Anstalten, aufzustehen und mich zu umarmen. Dass Rosa keine große Umarmerin ist, hab ich schon festgestellt. Aber so gar nichts? Enttäuscht lasse ich mich neben ihr nieder. Unser Wiedersehen hatte ich mir in Gedanken ganz anders ausgemalt. Eine Umarmung war da noch das Mindeste!

»Willste'n Bier?«, fragt Armin mich freundlich.

»Nee, lass mal.« Janines Worte tönen mir noch in den Ohren, außerdem ist mir schlecht von dem ganzen Süßzeug, das ich gefuttert hab. Ich kann Armin kaum in die Augen sehen. Aber er ist ganz normal zu mir und scheint nicht zu ahnen, dass ich gestern mit seiner Freundin geknutscht hab.

»Doch, gib ihr mal eins, die sieht so aus, als könnt'se eins gebrauchen«, schaltet Lupo sich ein und schaut so, als wüsste er etwas über mich, das ich noch nicht weiß.

»Ich hab Nein gesagt!«, wiederhole ich.

»Haste deine Tage, Lexi?«, gibt jetzt auch Strauch noch seinen Senf dazu und zieht vielsagend eine Augenbraue hoch.

Ich werfe ihm einen vernichtenden Blick zu und ignoriere seine Anspielung.

»Und, was geht so bei euch?«, frage ich Rosa, um irgendwas zu sagen.

»Abhängen und was halt so anfällt.« Sie zuckt mit den Schultern.

Okay, denke ich, *okay, wir machen heute einen auf cool!* Was hab ich auch erwartet? Armin hockt direkt neben ihr, da wird Rosa mir kaum zärtlich durchs Haar fahren oder mir ihre Lippen ins Gesicht drücken. Der Gedanke an ihren Mund löst sofort ein sehnsüchtiges Ziehen im Bauch aus. Ich kneife mich heimlich in den Arm und versuche, mir die Enttäuschung nicht anmerken zu lassen.

Lupo und Strauch tauschen sich über amerikanische Pornos aus. Bilde ich es mir nur ein oder grinsen mich die beiden heute besonders doof an? Egal, ich würdige Strauch kaum eines Blickes. Es war eine Scheißidee, zum Markt zu kommen.

Verstohlen linse ich zu Rosa, die hochkonzentriert von ihrem Bier trinkt, als würde diese Tätigkeit ihre ganze Aufmerksamkeit erfordern. Einmal erwische ich sie dabei, wie sie zu mir rüberschielt. Da ist es wieder, dieses Ziehen.

Hier sind eindeutig drei Augenpaare zu viel. Am liebsten würde ich Rosa an der Hand nehmen und mit ihr abhauen oder mich alternativ einfach in Luft auflösen. Mir fällt jedoch keine gute Ausrede ein, um gleich wieder zu verschwinden.

Strauch berichtet wortreich von einem Lesbenporno, den er bei seinem Job geschaut hat. Immer wenn er »gefickt« sagt, regnet ein feiner Sprühregen von seinen Lippen.

»Könnt ihr Mädels nicht mal knutschen?«, unterbricht Lupo Strauchs Ausführungen und zwinkert mir verschwörerisch zu.

Vor Schreck krampfen sich meine Eingeweide zusammen.

»Los, kommt, für'n Zwanni! Mir ist so langweilig.«

»Ja, da könnten wir vielleicht noch was lernen!«, steigt Strauch sofort darauf ein. »Ihr Weiber knutscht bestimmt ganz langsam und einfühlsam und so'n Quark.«

»Hehe, genau – so ungefähr …« Lupo küsst zärtlich seine Bierdose, von der kalte Tropfen abperlen.

»Geht's noch ihr notgeilen Böcke? Was soll'n der Scheiß jetzt?«, braust Rosa auf, während ich zu ahnen beginne, wie Lupo darauf kommt. »Wieso knutscht ihr euch nicht gegenseitig, wenn euch so viel dran liegt?«

»Das wird nie passieren! Eher fault mir der Pimmel ab!«, entgegnet Lupo mit gespielter Entrüstung.

»Ist der nicht eh schon abgefault von deinem Tripper?«, wirft Strauch ein.

»Schnauze, du Arsch!«

Mit diesen beiden albernen Knilchen soll Rosa rumgemacht haben? Das will mir einfach nicht in den Kopf.

»Was ist schon dabei?«, höre ich mich plötzlich sagen. »Ist doch völlig wurscht, wer mit wem knutscht!«

»Genau so isses!«, pflichtet Lupo mir sofort bei und fügt mit scheinheiligem Grinsen hinzu: »Dann könnt ihr zwei ja knutschen, ist doch nix dabei! Wir sagen's auch nicht weiter.«

»Könnt ihr jetzt endlich mal die Klappe halten?«, meldet Armin sich zu Wort. Ich hab ihn selten so genervt gesehen. »Das darf doch nicht wahr sein! Und das nannte sich mal die antisexistische Antifa!«

»Ist vielleicht auch besser so, wenn die Weiber nicht miteinander rumlecken, was, Lupo?«, feixt Strauch, Armins Einwurf ignorierend. »Am Ende werden das noch so krampfige Emanzen!«

»Ui, nee, das muss echt nicht sein!«, wehrt Lupo theatralisch ab. »Wär ja jammerschade drum!«

»Hahaha, dann dürften wir nicht mehr ›Titten‹ sagen. Und ›ficken‹ auch nicht!«

»Stimmt, das wär ja dann se-xist-isch! Ficken oi, hehehe!«

»Oi oi oi!«, stimmt Strauch ein.

Krachend lassen die beiden Punks ihre Bierdosen gegeneinanderknallen, dass es schäumt.

»Du bist so ein Arschloch, Strauch!«, platzt es aus mir raus. »Also ja, es stimmt. Wir ham uns schon mal geküsst!«, rufe ich zum Erstaunen aller. »Und? Sind wir jetzt Emanzen, oder was? Ihr habt sie doch nicht mehr alle!«

In die entstandene verdatterte Stille beeilt Rosa sich zu sagen: »Ja, komm, Lexi, geküsst, jetzt übertreibst du aber.« Sie kichert albern. »Dit war doch jar keen richtiger Kuss!«

»Was war's denn dann?« Zum ersten Mal seit meiner Ankunft sehe ich Rosa länger in die Augen.

»Ich war doch nur froh, dass die Glatzen uns nicht gekriegt ham«, nuschelt sie mit hochroter Birne. »Da war ich vielleicht etwas durch den Wind. Das ist alles.«

»Das ist alles«, flüstere ich wie zu mir selbst.

»Hab ich was verpasst?«, fragt Armin scheinbar belustigt. Seine bierseligen Augen haben unversehens einen wachsamen Ausdruck bekommen.

»Wir ham uns nicht geküsst!«, wiederholt Rosa eine Spur zu laut. »Dass du immer gleich so übertreiben musst, Lexi!«

Ich fühle die geballte Aufmerksamkeit aller auf mich gerichtet. Nur Strauch schaut schuldbewusst zu Boden. Einen Rest Gewissen scheint er also doch noch zu besitzen. Aber das hilft mir jetzt auch nicht weiter.

»Ihr könnt mich mal!«, rufe ich und schieße von meinem Platz hoch.

»Ey, jetzt hau doch nicht gleich ab!« Rosa ist auch aufgesprungen und hält mich am Arm zurück.

Mit einer abfälligen Bewegung winde ich mich aus ihrem Griff. »Feige Kuh!«, schleudere ich ihr ins Gesicht, bevor ich cool davonstolziere.

Wie ich's mir gedacht hab, kommt Rosa mir natürlich nicht hinterher, sondern bleibt bei Armin sitzen.

»Versteht die keinen Spaß mehr, oder was?«, höre ich Lupo in meinem Rücken nölen.

Ich widerstehe dem Impuls, mich noch mal umzudrehen. Wie auf Schienen laufe ich geradeaus, bis ich hinter der alten Kaufhalle außer Sichtweite bin.

Kapitel 14

Ich heule schon fast eine ganze Tapeseite des *Schlachtrufe-BRD*-Samplers lang. Schleim-Keim könnte ich jetzt nicht ertragen.

Die Tränen bringen jedoch kaum Erleichterung, sondern fördern immer neue zutage wie eine unermüdlich arbeitende Wasserpumpe. Es sind nicht mal traurige Tränen, sondern Tränen der Wut. Wut darüber, dass Strauch seine dämliche Klappe nicht halten konnte. Wut über Lupos Scheißsprüche und Wut auf mich selbst, dass ich so aus der Haut gefahren bin und gleich allen auf die Nase binden musste, dass Rosa und ich uns geküsst haben.

Am meisten Wut hab ich aber auf Rosa, die behauptet, es sei gar kein richtiger Kuss gewesen. So eine feige Kuh, lässt mich dastehen wie die letzte Idiotin! Mein Kopfkissen ist schon ganz klamm von meinen Tränen. Die triefende Nase wische ich einfach daran ab, scheiß auf den Bezug!

Zögerlich klopft es an meine Zimmertür. Bestimmt Mutter, die mir mitteilen will, ich soll die Mucke leiser machen. Ich vergrabe mein Gesicht in das kalt-feuchte Kissen wie ein Sumpfmonster und stelle mich tot.

Es klopft noch mal, diesmal bestimmter. Das wird immer so weitergehen, bis Mutter schließlich doch reinkommt.

»Ja?«, knurre ich deshalb unwillig und schaue möglichst gleichgültig aus meinen verquollenen Augen.

Bei meinem Anblick bekommt Mutter einen sorgenvollen Ausdruck im Gesicht. Wortlos setzt sie sich zu mir auf die Bettkante, legt meinen Kopf in ihren Schoß und streichelt meine Haare. So lange, bis ich mich ausgeheult hab.

»Willst du mir erzählen, was los ist?«, fragt sie vorsichtig.

Ich schüttele den Kopf. Eigentlich will ich nur hier in ihrem warmen Schoß liegen und an gar nichts denken. Wie als Kind, wenn ich wegen meiner russischen Lieblingsmärchen über die Hexe Baba Jaga Angst vor dem Einschlafen hatte. Dann fuhr Mutter mir so lange durchs Haar, bis mir die Augen zufielen.

»Wie fändest du's eigentlich, wenn ich Papa treffen würde?«, sage ich gegen ihren warmen Bauch gekuschelt.

Mutter hält einen Moment inne. Ich kann spüren, wie sich ihr Körper anspannt.

»Wie soll ich das schon finden? Er ist dein Vater. Wenn du ihn treffen willst, ist das deine Sache.«

»Du wärst nicht sauer, oder so?«

»Wenn überhaupt jemand Grund hat sauer zu sein, dann du selbst, weil er dich damals verlassen hat. Ich hab damit abgeschlossen«, behauptet sie.

Klar, das sieht man jeden Sonntagabend, denke ich. »Okay, ich wollt's nur wissen. Wahrscheinlich fänd ich ihn eh blöd …«

»Dann ist ja gut«, erwidert Mutter lachend.

»Er fehlt mir«, sage ich tonlos.

»Ich weiß«, seufzt sie und fährt mir durchs Haar. »Ich weiß.«

Plötzlich bin ich in einer ganz friedlichen Stimmung, so leergeweint und bekuschelt. Zum ersten Mal seit Langem hege ich keinen Groll gegen sie, sondern fühle fast so was wie Dankbarkeit.

»Was hältst du davon, wenn wir heute Abend was zu zweit machen? Nur du und ich. Das haben wir schon lange nicht«, schlägt Mutter vor.

»Aber nachher kommt doch dein *Traumschiff*!«, erinnere ich sie. Seit Jahren hat Mutter nicht eine Folge verpasst.

»Das kann auch mal ohne mich in See stechen«, sagt sie und zwinkert mir zu.

Der Abend wendet sich für mich zum Guten. Als stolze Besitzerin von Schlossallee und Parkstraße hab ich Mutter zweimal beim Monopoly abgezogen. Es hat mir diebische Freude bereitet, die sich mehrenden Geldscheine auf meiner Seite zu zählen, wenn Mutter mir horrende Mieten hinblättern musste, die ihren Ruin bedeuteten. Die antikapitalistischen Punks dürfen das nie erfahren. Zum Glück ist es nur ein Spiel.

Kaum im Bett, bin ich auch schon erschöpft eingeschlafen.

Als ich nachts aufwache, ist die Wut vom Nachmittag sofort wieder da. Ich starre ins Dunkel meines Zimmers und spüre mein Herz in den Schläfen hämmern.

Krack macht es da am Fenster.

Bestimmt diese scheiß Taube, die mich tagsüber oft mit ihrem Gegurre nervt und mir das ganze Fensterbrett zukackt.

Krack, wieder ein Treffer!

Ich balle die Hände zu Fäusten. Wie Taubenfüße klingt das nicht, eher wie ein Schottersteinchen. Eine Millisekunde lang hoffe ich, dass es Rosa ist, die Steinchen an mein Fenster wirft, und mein Herz macht einen Satz. Klar, Lexi, träum schön weiter deinen Romantikfilm, schelte ich mich selbst, bald landest du in der Klapse!

Als es wieder an der Fensterscheibe krackt, pelle ich mich schlaftrunken aus dem Bett. Was zur Hölle?

Von der Gardine verdeckt, linse ich runter in den Hof und bin mit einem Schlag hellwach. Zwischen den auf der Hauswäscheleine zum Trocknen aufgehängten, weißen Laken steht eine dunkle Gestalt und macht wilde Armbewegungen, die wie Winken aussehen.

Ich drücke mich gegen die Wand meines Zimmers und traue mich kaum zu atmen. In *Halloween* beobachtet der Killer seine Opfer auch erst vom Hof aus, bevor er ins Haus eindringt und ihnen die Kehle durchschneidet. Andererseits würde der wahrscheinlich nicht winken.

Wieder krackt es.

Ein Adrenalinschub durchfährt mich. Kühle Nachtluft streichelt mein Gesicht, als ich das Fenster öffne, aus Angst, dass die Gestalt noch weitere Steinchen wirft und meine Mutter aufweckt. Und neugierig bin ich schließlich auch.

»Wer da?«, zische ich in die Dunkelheit hinunter.

Statt eine Antwort zu geben, macht der Schatten zwei Schritte in den Lichtkegel der Hoflampe.

Mein Herz setzt einen Schlag aus. Es ist tatsächlich Rosa, die den Kragen ihrer speckigen Lederjacke hochgeklappt hat und schief zu mir hochgrinst.

»Lässt du mich rein?«, presst sie zwischen den Zähnen hervor.

Ich bedeute ihr mit hektischen Handbewegungen, zur Haustür zu kommen, bevor noch der ganze Block aufwacht.

Oh Gott, Rosas Gestampfe! Die schafft es doch nie und nimmer unbemerkt zu uns hoch in den dritten Stock. Mindestens Herr Kubiak wird bestimmt wach werden und die nächtliche Ruhestörerin genauestens unter die Lupe nehmen, falls er nicht gleich die Bullen ruft.

Mit mulmigem Gefühl drücke ich den Summer und lausche angestrengt ins Treppenhaus. Aber ich höre keine Schritte, seltsam.

Kurz darauf steht Rosa grinsend vor mir, in den Händen ihre Springerstiefel. Ich lotse sie auf Socken durch den dunklen Flur unserer Wohnung in mein Zimmer.

Das packe ich jetzt nicht, wie Rosa im Schummerlicht der Nachtlampe in voller Montur auf meinem Bett hockt. Manchmal wünscht man sich etwas unbedingt und malt es sich in den schillerndsten Farben aus, aber wenn es dann tatsächlich eintrifft, ist man einfach nur überfordert. Dass Rosa ganz schön zerknirscht aussieht, macht meine Überforderung nicht besser, und wütend bin ich obendrein.

»Hast du mal auf die Uhr geguckt?«, mache ich sie an und nehme in etwas Abstand zu ihr auf meinem Bett Platz.

»Ich musste unbedingt mit dir reden!«, stößt sie hervor und sieht mich entschlossen an.

»Hätte das nicht bis morgen Zeit gehabt?«, schimpfe ich, obwohl es mir insgeheim schmeichelt, dass Rosa hier mitten in der Nacht auftaucht und vor meinem Fenster einen auf Romeo macht. »Ich wollte übrigens auch mit dir reden.«

»Ja?«

»Jetzt dreh den Spieß nicht um, du fängst an!«, bestimme ich.

Rosas Finger zuppeln an meinem Kopfkissen rum, das ungefähr einen Liter getrocknete Tränenflüssigkeit enthält.

»Ich komm mir vor wie der letzte Arsch ..!«

»Gut so!«, erwidere ich kühl.

»Ich hab nicht damit gerechnet, dass du gleich vor allen damit auspackst, dass wir uns geküsst haben. Das hätteste dir echt mal sparen können. Armin hat mich später noch ausgehorcht, was da genau gelaufen ist.«

Obwohl ich einsehe, dass die Aktion nicht cool von mir war, durchfährt es mich wie ein Blitz. »Na toll! Dir geht's also nur drum, wie du vor den andern dastehst, nur deshalb holste mich nachts aus'm Bett!«

»Nee, Quatsch! Jetzt lass mich doch mal ausreden, Mensch!« Rosa klingt ungeduldig. »Es war blöd von mir, den Kuss nicht zuzugeben, das weiß ich jetzt. Es ist nur …, ich war so überrascht … und dann wusste ich nicht, wie ich mich verhalten soll. Jedenfalls tut's mir voll leid!«

Sie sieht mich um Verzeihung bittend an, aber in mir drin wütet es noch immer.

»Gib's zu, du hättest Armin nicht in tausend Jahren von uns erzählt!«

»Ich hatte einfach Angst!« Rosa hebt ihre Stimme.

»Sschht!« Ich lege ihr die Hand auf den Mund. Das fehlt noch, dass meine Mutter jetzt wach wird!

»Um bann woht isch dir …«, nuschelt Rosa durch meine Finger, bis ich sie wieder freigebe. »Dann wollt ich dir'n Brief schreiben«, fährt Rosa im Flüsterton fort. »Ich hatte auch schon angefangen, aber hab's nicht hingekriegt …«

»Was wollteste mir denn schreiben?«

»Dass ich dauernd dran denken muss!«

»Woran?«

»Na wie wir uns geküsst haben.«

»Wieso? War doch jar keen richtiger Kuss!«, zitiere ich sie spitz.

Darauf weiß Rosa nichts zu erwidern. Sie fummelt an ihrer Lederjacke rum, was mich nur noch mehr aufregt.

Gerade will ich ihr sagen, dass es wohl besser ist, wenn sie geht, als Rosa etwas aus der Innentasche ihrer Jacke zieht. Wortlos drückt sie mir ein kaltes Stück Metall in die Hand. Als ich einen Blick darauf werfe, kriege ich einen Schreck. Ein abgebrochener Mercedesstern! Ich muss keine zwei Sekunden überlegen, wo Rosa den her haben könnte. Nachbars Westauto hat jetzt schätzungsweise einen Angeberstern weniger. Die Verrückte!

Mit schiefem Grinsen hockt Rosa auf meiner Bettkante und sieht mich so von unten her an, mit diesem unwiderstehlichen Hundeblick.

»Meinste, so einfach kriegste mich? Brichst nen Mercedesstern für mich ab, und alles ist in Butter? Obwohl das ja ein bisschen süß von dir ist. Aber i…«

Unversehens nimmt Rosa mein Gesicht in beide Hände und küsst mich auf den Mund.

Mir wird ganz heiß, ich weiß nicht, ob vor Überraschung oder Wut. Grob umfasse ich Rosas Handgelenke und halte sie daran fest.

Wir starren uns in die Augen, bis ich nachgebe. Ich ziehe sie zu mir heran. Wir fangen an, uns gegenseitig zu ärgern, rempeln unsere Lippen aneinander, schubsen mit den Zungen, zerren mit den Zähnen – Knutschpogo!

Rosa hat die Augen geschlossen und ihre Lippen erwartungsvoll gespitzt. Mit der mir größtmöglichen Zärtlichkeit fahre ich darüber, bis sie sie einen Spalt breit öffnet und mich einlässt.

»Und, war das jetzt ein richtiger Kuss?«, will ich von ihr wissen.

Rosa hat ganz rote Backen bekommen. Sie öffnet langsam die Augen, als läge eine Tonne Gewicht auf ihren Lidern. Dann zwinkert sie mir mit diesem Millisekundenzwinkern zu, so kurz, dass es kaum merklich ist und gerade deshalb so cool.

Ich hab es schon hundertmal vorm Spiegel geübt. Doch mein Zwinkern sieht immer aus wie das überraschte Blinzeln der Eule aus *Drei Haselnüsse für Aschenbrödel*, die der Regisseur jedes Mal erst mit einem Strohhalm in den Hintern pieken musste, damit das stur vor sich hin starrende Tier wenigstens kurz mit den Augenlidern klapperte.

»Kannste das noch mal machen?«, fährt Rosas Stimme wie ein Hauch in mein Ohr.

»Was, das?« Ich küsse mich ihren Hals hoch, bis zu der Stelle hinterm Ohr, die ganz warm ist und ein bisschen nach der Rasiercreme in Rosas Haaren riecht. »Oder das?« Mein Mund streift sacht über ihre weichen Lippen.

»Das fühlt sich wahnsinnig an!«

Plötzlich halte ich inne, weil mir etwas einfällt.

»Du sagst aber, wenn sich für dich was doof anfühlt, okay?«

»Abgemacht. Du mir aber auch!«

Nachdem das geklärt ist, erkunden wir eifrig weitere Stellen unserer Körper, auch die, die bisher noch von Klamotten verborgen geblieben sind. Irgendwann liegen unsere Oberteile und Hosen aufgetürmt vor meinem Bett.

Es ist so aufregend, Rosa zu umarmen, wenn kein störender Stoff zwischen uns ist. So oft hab ich mir ausgemalt, wie es sein würde, wenn wir uns endlich überall anfassen können. Und jetzt liegt sie da – bei mir. Meine Hände sind klamm vor Nervosität, und mein Herz holpert in wildem Punkrock-Rhythmus. Obwohl ich leicht panisch bin, ob ich auch alles richtig mache, geht alles wie von selbst. Und es ist noch schöner als in meiner Vorstellung, einfach perfekt.

Ich schmiege mich an Rosas glatte Haut und spüre ihren weichen Bauch, der sich bei jedem Atemzug gegen meinen drückt, so eng liegen wir beieinander. Rosa hat richtige Brüste, rund und fest. Als ich sie vorsichtig berühre, recken sich mir ihre Nippel entgegen. Ich werde forscher und bedecke sie mit übermütigen Küssen. Schließlich lasse ich meine Zunge darüber flattern wie einen aufgescheuchten Schmetterling.

Rosa stöhnt leise, und ich kriege eine Gänsehaut am ganzen Körper, weil ich weiß, dass ich der Grund für ihr Stöhnen bin. Unvermittelt wirft sie sich auf mich. An den Handgelenken drückt sie mich auf mein Bett wie vor Kurzem, als wir auf dem Marktplatz miteinander gerangelt haben. Auch jetzt stößt sie auf wenig Gegenwehr.

Rosas Hände scheinen überall zu sein. Jedenfalls fühlt es sich so an. Tausend kleine Nadelstiche unter der Haut.

Ich presse mich von unten an ihren warmen duftenden Körper und will nicht, dass sie da je wieder weggeht.

Rosa säuselt mir etwas ins Ohr, das wie »Darf ich?« klingt.

Ich nicke aufgeregt, und ihr Kopf geht auf Tauchstation und taucht eine ganze Weile nicht mehr auf. Kleine Lichter flirren mir vor den Augen, der Schweiß rinnt aus allen Poren. Bis ich es nicht mehr aushalte.

Ich entziehe mich Rosa und hole sie wieder zu mir hoch, meine Hände an ihrem Rücken. »Stopp«, stammle ich. »Hör auf, sonst explodier ich!«

»Ist doch schön!« Rosas Gesicht ist ganz rot und verschwitzt vor Anstrengung, aber ihre Augen leuchten vor Freude.

Mit ihr könnte ich mir vorstellen, dass wir noch ganz andere Dinge zusammen machen! So gern würden meine Finger in sie eintauchen – zum ersten Mal! Ein Gedanke, der mich komplett erschauern lässt. Ausnahmezustand. Dabei bin ich jetzt schon so angemacht, dass ich gleich platze. Ineinander verkrallt rollen wir heftig atmend über mein Bett, bis Rosa mit dem Kopf gegen die Wand knallt.

»Auuu!«, schreit sie und reibt sich die schmerzende Stelle.

»Schhhht!«, mache ich. »Scheiße! Hoffentlich hat das meine Mutter nicht gehört!«

Geistesgegenwärtig verkrümelt Rosa sich unter mein Sofabett, was leichter gesagt ist als getan, weil das alte Ding durchhängt und Rosa Mühe hat, darunter zu atmen.

Hastig zerre ich die Decke über mich und knipse das Licht aus. So verharren wir minutenlang regungslos im Dunkeln. Ich lausche auf Rosas aufgepeitschten Atem.

»Glaub, die Luft ist jetzt rein«, flüstere ich nach einer Weile.

»Dann steh mal auf, damit ich vorkrabbeln kann«, macht Rosa sich bemerkbar.

»Moment noch!«, sage ich und fahre flüsternd fort. »Wie stellst du dir das alles eigentlich vor?«

»Was?«

»Das mit uns. Du schneist hier rein mitten in der Nacht, knutschst mich ab und morgen hockst du wieder bei Armin, oder wie hast du dir das gedacht?«

»Nee, ich … Mann! Ich will ja mit ihm reden, aber ich weiß gar nicht genau, was ich ihm sagen soll.«

»Was meinst du? Willst du ihm das mit uns etwa verschweigen?« Mein Blut gerät sofort wieder in Wallung.

»So einfach, wie du dir das vorstellst, ist das nicht!«

»Doch, es ist ganz einfach: Ich knutsch jetzt Lexi. Fertig, peng! Ich hab jedenfalls keinen Bock, hinter seinem Rücken rumzumachen. Das hat Armin nicht verdient.«

»Kannst du jetzt mal bitte aufstehen, du quetschst mich voll ein!« Rosa klingt fast ein bisschen ärgerlich.

»Erst wenn du sagst, wen du lieber küsst!«

»Okay, ich geb's zu«, ächzt Rosa. »Deine Küsse sind der Knaller.«

»Besser als die von Lupo und Strauch?«

Ich kann buchstäblich hören, wie überrascht Rosa darüber ist, dass ich davon weiß. »Strauch«, sage ich nur, bevor sie fragen kann.

Das Bett unter mir schweigt sich aus. Deshalb stemme ich unter Aufbietung aller Kräfte meine Beine in die Matratze, bis die Federn quietschen. »Was ist jetzt? Ich hör nix!«

»Okay, okay! Du küsst tausendmal besser als Lupo oder Strauch oder Armin oder sonst wer!«

Ich hänge mich kopfüber in die Lücke zwischen Boden und Bett, die Rosa gefangen hält. »Ist das dein Ernst?«

»Ich schwöre!«

»Bei Schleim-Keim und Bakunin?«

»Ja doch, bei beiden!«, kommt es stöhnend hervor.

Daraufhin quetsche ich meinen Kopf unters Bett und küsse Rosa feierlich auf den Mund. »Die Prinzessin ist befreit und darf jetzt raufkommen!«

Mit hochrotem Kopf und nach Luft japsend zieht Rosa sich unter meinem Bett hervor.

Ich schlage die Decke zurück, damit sie darunterschlüpfen kann. Irgendwie finde ich das richtig gut. Bis jetzt hab ich in meinem Leben nur mit Mutter in einem Bett geschlafen, und da war ich so klein, dass ich mich kaum erinnern kann.

»Moment mal, wieso bin ich eigentlich die Prinzessin?«, beschwert sich Rosa, als sie dicht an meine Seite gekuschelt liegt. »Ich will lieber der Prinz sein.« Sie fährt mir mit den Fingernägeln durchs Haar, und ich kriege schon wieder Gänsehaut am ganzen Körper.

»Ich will aber auch keine Prinzessin sein«, werfe ich ein. »Na gut, für heut Nacht darfst du mein Prinz sein, und ansonsten machen wir eben Schnick, Schnack, Schnuck.« Ich runzele die Stirn. »Was sagt'n überhaupt Bakunin dazu? Wenn's nach dem ginge, gehörten Prinzen, Prinzessinnen und das alles doch bestimmt eh abgeschafft, oder?«

»Liebe kann nur unter Gleichen entstehen«, deklamiert Rosa prompt, wobei sie von ihrem eigenen Gähnen unterbrochen wird.

»Na siehste, dann trifft sich's doch gut, dass wir beides Mädels sind«, kichere ich. »Wir sind gleich und haben Bakunins Segen!«

»Du spinnst!«, murmelt Rosa schläfrig in meine Haare.

»Biste dir sicher, dass du hier pennen willst?«

»Klar, wieso nicht?«

»Ich weiß nicht, ob meiner Mutter das so recht ist«, gebe ich zähneknirschend zu.

Rosa kneift listig die müden Augen zusammen. »Wann steht'n die auf?«

»Um sechs!«

»Pass auf, dann stellen wir deinen Wecker einfach auf fünf, und noch bevor deine Mutter wach wird, schleich ich mich raus. Auf Socken, versteht sich! Dann pack ich's noch nach Hause vor der Schule, und kein Mensch hat was mitgekriegt! Mach dir ma keen Kopp!«

Rosa drückt mir zärtlich einen Gute-Nacht-Kuss auf den schwach protestierenden Mund und ist keine paar Sekunden später auch schon eingeschlafen.

Seufzend greife ich über sie hinweg und stelle den Wecker.

Selbst wenn Rosa schläft, sieht sie so aus, als würde es ständig in ihr arbeiten. Gebannt beobachte ich die winzigen Zuckungen ihrer Augenlider, das unmerkliche Beben der Mundwinkel, studiere ihre geschwungenen Lippen. Dieser Mund hat mich an Stellen berührt, die außer mir selbst noch niemand auch nur zu sehen bekommen hat. Ein Lächeln schleicht sich auf mein Gesicht, als ich daran denke.

Doch dann fällt es mir siedend heiß ein: Dieser Mund hat auch alle Jungs aus der Clique geküsst, und vielleicht nicht nur ins Gesicht.

Ich fange an zu schwitzen. Was, wenn Strauch doch die Wahrheit gesagt hat? Vielleicht hat Rosa gar nicht vor, Armin von uns zu erzählen, weil es ihr nur um ihren Spaß und ums Ausprobieren geht.

Mir wird ganz schlecht bei dem Gedanken. Aber eben hat sie ja sogar von Liebe gesprochen, beruhige ich mich selbst. Gut, es war nur ein Zitat, aber trotzdem!

Ich schmiege meine Wange an Rosas warmen Hals und versuche, das aufsteigende Unbehagen in die Flucht zu schlagen. In den Schlaf finde ich trotzdem erst nach einer ganzen Weile.

Kapitel 15

Wie durch Beton dringt das Gebrabbel meiner Englischlehrerin Mrs. Black an mein Ohr. Eigentlich heißt sie Frau Schwarz, aber alle sagen Mrs. Black wegen ihrem dunklen Humor. Ihr Monolog stört meine Gedanken, die gerade nicht auf Englisch in meinem Kopf umherwirbeln, sondern in der Sprache der Verliebten und Verzweifelten. Was eigentlich fast dasselbe ist.

Janine und ich sitzen am jeweils äußersten Rand der Schulbank, zwischen uns eine Wand aus eisigem Schweigen. Es ist die erste Stunde, und ich bin so gerädert, dass ich kaum aus den Augen gucken kann.

Rosa hat es tatsächlich heute Morgen unbemerkt aus meinem Zimmer geschafft. Erst von unten im Hof drang das Stapfen ihrer Springerstiefel auf dem Schotterweg zu mir herauf. Als sie aus meinem warmen Bett kroch und im Dunkeln in ihre Klamotten stieg, hätte ich auf einmal heulen können. Rosa umarmte mich fest zum Abschied, sie in voller Montur und ich noch so nackt, wie ich in der Nacht an ihre Seite gekuschelt irgendwann eingeschlafen war. Mir brach es richtig das Herz, dass sie geht, als wäre es unsere letzte Umarmung für eine lange Zeit.

Nachdem sie weg war, heulte ich ein bisschen in meinem Bett und wusste selber nicht so genau warum eigentlich. Immerhin haben wir miteinander geschlafen, worüber ich glücklich sein sollte.

Ein zusammengefalteter Zettel schiebt sich in mein Blickfeld. Widerwillig folge ich der Richtung, aus der er gekommen ist. Janine macht einen langen Arm und sieht mich betroffen von ihrer Bankseite aus an.

Ich spiele mit dem Gedanken, den Zettel einfach zurückzuschieben, oder noch besser: ihn vor ihren Augen in Stücke zu rupfen. Noch immer bin ich viel zu wütend auf sie, daran ändert auch ein Zettel nichts.

Bevor ich mich jedoch für eine Aktion entscheiden kann, hat Robert, unser Klassenclown, sich in der Bank vor uns umgedreht und fischt mir die Post vor der Nase weg.

»Gib her, du Idiot!«, zische ich.

Das zieht allerdings die Aufmerksamkeit von Mrs. Black auf sich, deren Eulenohren nichts entgeht. Wie eine Erscheinung baut sich ihre dralle Gestalt neben Roberts Bank auf.

»Was könnte wohl wichtiger sein als mein Englischunterricht?«, überlegt Mrs. Black laut mit spöttischer Miene.

Und dann sagt sie, was ich befürchtet hab, und wofür sie an der ganzen Schule verschrien ist.

»Robert, wenn du die Güte hättest, uns diese scheinbar so dringende Notiz vorzutragen. Auf Englisch, wenn ich bitten darf!«

Die Klasse wiehert vor Vergnügen.

»Oh scheiße, das tut mir leid!«, flüstert Janine, die neben mir zu einem kleinen Häufchen Elend zusammengesackt ist.

»Scht!«, macht Mrs. Black. »Wir wollen hören, was so wichtig ist, dass es nicht bis nach dem Unterricht Zeit hat. Bitte, Robert!«

Wie zu erwarten, macht unser Klassenclown eine Show daraus. Um ihn geht es hier ja schließlich auch nicht. Mrs. Blacks Spießgeselle räuspert sich umständlich und entfaltet mit spitzen Fingern die an mich gerichtete Notiz. »Dear Lexi«, trägt er mit künstlich hoher Stimme vor. »I'm so sorry for what I've said to you yesterday.«

Mein Kopf schnellt zu Janine herum, die betreten vor sich auf die zerkratzte Tischplatte starrt. *Bitte lass nicht das drinstehen, was ich befürchte, bitte nicht,* rotiert es in meinem Kopf.

»I was worried about you«, setzt Robert seinen Vortrag mit breitem Grinsen fort. »If you are …« Er hält inne. »If you are … Äh, was heißt noch mal ›lesbisch‹ auf Englisch, Mrs. Black?«

Um uns herum brandet ein einziges Gejohle und Gekicher auf. Robert, das miese Würstchen, freut sich am meisten über seinen Gag.

Ich starre dumpf auf seinen von Lachsalven geschüttelten Rücken mit vor Schamesröte brennendem Gesicht.

Unter dem Gegröle meiner Mitschüler schrumpfe ich auf meinem Platz in mich zusammen, aber so sehr, dass ich aus der Schusslinie bin, kann ich gar nicht schrumpfen. Ich fühle mich plötzlich einsamer als eine Forscherin in der Antarktis. Janine, die mir das Ganze eingebrockt hat, ist neben mir zur Salzsäule erstarrt und traut sich nicht mal, den Kopf zu heben.

»Silence!«, fegt Mrs. Blacks Stimme wie ein Orkan über die Köpfe der Klasse hinweg, und alles verstummt. »Dass der Zettel so privater Natur ist, konnte ich nicht ahnen«, räumt sie jetzt auf Deutsch ein. »Das tut mir leid, Alexa!«

Man kann deutlich sehen, wie unangenehm ihr die Situation ist.

Zu Janine gewandt sagt sie: »Sowas gehört nicht in den Unterricht. Das hättet ihr beide lieber privat besprechen sollen.«

Janine nickt schuldbewusst mit hängendem Kopf. Dann geht der Unterricht weiter, als sei nichts passiert.

Dem Rest der Stunde kann ich nicht folgen. Meine Gedanken hängen bei dem fest, was auf dem Zettel stand und über das nun meine ganze Klasse Bescheiß weiß. Hatte ich bis vor Kurzem noch heroisch mit dem Gedanken gespielt, meine Englisch-Hausaufgabe über die Eigenschaften meiner Traumfrau zu verfassen und im Unterricht vorzutragen, hätte ich mir kein spektakuläreres Outing wünschen können.

Glückwunsch, Janine, das hast du toll hingekriegt!

Wenigstens hat Mrs. Black so viel Anstand, mich den Rest der Stunde in Ruhe zu lassen. Als es zur Pause schrillt und allgemeine Hektik ausbricht, bleibe ich wie erschlagen sitzen.

Janine drückt sich neben mir rum und packt in Zeitlupe ihre sieben Sachen zusammen. »Tut mir so leid, Lexi! Das wollte ich nicht!«

»Hau ab, Mensch!«, fahre ich sie wutschnaubend an.

Janine steht noch ein paar Sekunden hilflos da, dann nimmt sie ihren Rucksack und zuckelt mit hängenden Schultern davon. Als auch ich den Raum verlassen will, ruft Mrs. Black mich zu sich. Au Backe, das gibt noch mal einen Anschiss! Aber schlimmer als eben kann es auch nicht werden. Gleichmütig gehe ich zu ihr an den Lehrertisch.

»Alexa, was da eben passiert ist, tut mir aufrichtig leid!«, sagt Mrs. Black zu meinem Erstaunen. »Deine Sexualität ist ganz allein deine Sache. Wenn dir jemand deswegen dumm kommt oder sich auf deine Kosten lustig macht, zögere bitte nicht, dich an mich oder jemand anders aus dem Kollegium zu wenden. Einverstanden?«

Mein Gesicht brennt schon wieder. »Ja, … danke!«, bringe ich schleppend hervor und kann meiner Englischlehrerin kaum in die Augen schauen.

»Tut mir sehr leid!«, wiederholt sie.

Ich hab Mrs. Black noch nie so betroffen gesehen, umso peinlicher ist mir das Ganze.

»Konnten Sie ja nicht wissen.« Wie ein geprügelter Hund schleiche ich aus dem Klassenzimmer.

Bei meinen Mitschülern ist meine Vorliebe für Mädels Thema Nummer eins an diesem Tag, und wird es noch für viele weitere bleiben. Meine Euphorie, Rosa wiederzusehen, hat sich überlagert von einem Gefühl des Ausgegrenzt- und Auf-der-Hut-Seins. Ähnlich wie an dem Tag, als ich zum ersten Mal mit meiner neuen Punkfrisur in der Schule auftauchte, nur zwanzigmal verschärfter. Statt »Scheißzecke« höre ich an dem Tag mehrmals »Scheißlesbe« hinter meinem Rücken.

Robert fragt mich in der Pause, ob ich Männer hasse.

»Nee, nur dich!«, antworte ich ihm.

»Hab ich doch schon immer gewusst, dass du ne Lesbe bist«, teilt er mir ungefragt mit. »So wie du rumrennst, mit Flanellhemd, und so!«

»Und ich hab schon immer gewusst, dass du ein Arschloch bist!«, gebe ich zurück, und Robert trollt sich.

Im Sportunterricht gehen ein paar Mädchen in der Umkleide auf Abstand, weil sie Angst haben, ich könnte sie angraben.

Janine guckt die ganze Zeit nur wie ein begossener Pudel, statt mal Partei für mich zu ergreifen.

Nach der Vierten halte ich das Spießrutenlaufen nicht mehr aus und flüchte mich auf die Toilette. Ausgerechnet! Jetzt ist die Schulwelt da draußen Feindesland, in der abgeschlossenen Kabine dagegen hab ich wenigstens kurz mal meine Ruhe.

Ich lasse mich auf den Klodeckel sinken und bedecke mein Gesicht mit den Händen. Da kullern sie auch schon, die Tränen, die ich den ganzen Vormittag zurückgehalten hab. Das darf doch alles nicht wahr sein! Die haben sie doch nicht mehr alle!

Ich wünschte, Rosa würde mich in meiner misslichen Lage entdecken und mich hier rausholen. Hand in Hand würden wir der Mädchentoilette entsteigen wie der Phönix aus der Asche, und allen Lästermäulern würden die Augen rausfallen. Aber sowas passiert leider nur im Film. Stattdessen bleibe ich heulend im Klo hocken, bis es wieder zum Unterricht klingelt. Hastig wasche ich mir die Hände und will gerade mit tropfnassen Fingern aus der Toilette stürmen, da stoße ich mit Rosa zusammen.

»Hier versteckst du dich! Ich hab dich den halben Tag gesucht!«, ruft sie. »Komm!« Sie greift nach meiner feuchten Hand und zieht mich in eine der Kabinen. Hinter verschlossener Tür schlingt sie die Arme um mich.

Seufzend vergrabe ich mein Gesicht an ihrem Hals und sauge ihren vertrauten Geruch in mich auf. Rosas Hände wandern zärtlich zu meinem Arsch. Als sie mich gegen die Wand drückt und mich minutenlang ins Ohr küsst, kann ich mich kaum noch auf den Beinen halten, so weich sind meine Knie.

»Du hast mir gefehlt!«, raunt sie.

»Du mir auch! So jede Sekunde ungefähr.«

Rosa lächelt mich an, so warm und aufrichtig, dass mir zum ersten Mal an diesem Tag egal ist, was die anderen von mir denken.

»Kannst stolz auf mich sein! Die ganze Klasse weiß jetzt, dass ich lesbisch bin. Und Mrs. Black!«

Ich erzähle Rosa die Story von Janines missglückter Botschaft an mich, woraufhin sie mich fest in die Arme schließt.

»Na zum Glück hat Janine meinen Namen nicht auch in dem Brandbrief erwähnt«, scherzt sie.

Bei diesen Worten läuft es mir eisig den Rücken herunter. *Rosa will nicht, dass jemand davon erfährt, dass sie was mit mir hat. Darum knutschen wir auch hier in der abgeschlossenen Klokabine, versteckt vor allen!*, schießt es mir durch den Kopf.

Rosa ist mein verstörter Gesichtsausdruck nicht entgangen. »Was hast du?« Sie stupst mich sanft mit ihrer Nase an.

»Du redest aber schon noch mit Armin, oder?«

»Natürlich rede ich mit ihm!«, kommt es im Brustton der Überzeugung wie aus der Pistole geschossen. Vielleicht eine Spur zu schnell.

Zweifelnd studiere ich ihr Mienenspiel, während es in mir arbeitet. »Oder geht's dir nur ums Ausprobieren?«, bricht endlich das aus mir raus, was seit dem Gespräch mit Strauch an mir nagt.

»Ja, klar! Ich wollte nur mal wissen, wie's mit ner Frau ist. Du kannst jetzt geh'n. Ich hab ja jetzt gehabt, was ich wollte.«

Verdattert sehe ich sie an.

»Mensch, Lexi! Denkst du echt so von mir?«

Hilflos zucke ich mit den Schultern. Tränen schießen mir in die Augen, aber ich will jetzt nicht auch noch vor Rosa heulen.

»Ich rede heut noch mit Armin, wenn es dich beruhigt. Abgemacht?« Sie fährt mir zärtlich übers Gesicht.

»Okay!«, seufze ich erleichtert. »Ich komm mit und warte unten auf dich, wenn du willst.«

»Das würdest du tun?« Rosa strahlt mich erstaunt an.

»Klar, du musst da nicht allein durch!«

In meiner Vorstellung verlassen wir die Mädchentoilette Hand in Hand und versetzen die davor wartende, lärmende Schülerschar in stummes Staunen. In echt gehen wir natürlich nacheinander aus dem Klo, und niemand steht davor, um unseren Auftritt zu würdigen. Der Unterricht hat ja schon längst wieder begonnen. Ich schleiche zurück in meine Klasse und erzähle etwas von Magenproblemen. Mein Bio-Lehrer nickt mitfühlend, und ich schäme mich ein bisschen. Bestimmt ist die Kunde von der »Lesbe Lexi« auch schon bis zu ihm vorgedrungen.

Mit flauem Magen warte ich vor Armins Haus darauf, dass Rosa endlich wieder rauskommt. So langsam könnte sie mal auftauchen, ich frier mir schon den Arsch ab. Wie lang so ein Schlussmachgespräch wohl dauert?

Nervös lasse ich meinen Blick die Straße hinunterschweifen. Nicht, dass jetzt noch Strauch oder Lupo hier aufkreuzen, das fehlt gerade noch! Aber niemand ist in Sicht. Ich schaue zufrieden an mir runter. Für diesen besonderen Anlass hab ich mich in meine abgefucktesten Jeans geschmissen, alle selbstgebastelten Armbänder angelegt, die ich finden konnte, und trage mein schönstes selbstbemaltes Punkshirt. Wenn Rosa endlich mit Armin Schluss gemacht hat, steht uns beiden die Welt offen. Kein Versteckspiel mehr, keine Zweifel, kein schlechtes Gewissen! Ich hab sogar Mutter zwei »Kleine Feigling« abgeluchst, um mit Rosa auf uns anstoßen zu können.

Als die Haustür knarrt, mache ich fast einen Satz. Rosa steht im Licht der Straßenlaterne und sieht einfach nur schön aus. Ich brauche ihr nur einmal ins Gesicht zu gucken, um zu begreifen, dass sie nicht mit Armin geredet hat. Sie schaut wie eine Mischung aus einem tapsigen Welpen, der etwas angestellt hat, und einer Depressiven, die sorgenvoll in eine düstere Zukunft blickt.

»Ich hab schlechte Nachrichten«, fängt sie an und knibbelt an ihren Fingernägeln.

Ich bin mir nicht sicher, ob ich diese Nachrichten gerade hören will. Mein Magen rotiert als heißer Feuerball in meinem Inneren. Darum pule ich kurzerhand die zwei »Kleinen Feigling« hervor und halte ihr wortlos einen hin. Obwohl ich selbst nicht dran glaube, dass das irgendwas besser machen wird.

Rosa schüttelt den Kopf. »Die Nazis haben ihr Tattoo-Studio eröffnet!«, platzt sie heraus. »Da wird seit heute tätowiert.«

»Was? Die Eröffnung sollte doch erst kommenden Samstag sein«, sage ich mit gespielter Empörung. Die Nazis interessieren mich gerade herzlich wenig.

»Ja, das dacht ich auch. Aber Armin meint, er hat läuten hören, dass die Nazis absichtlich ein falsches Datum angekündigt haben, damit es zur Eröffnung keinen Widerstand gibt!« Sie sieht mich mit großen Augen an.

»Die ham uns gelinkt!«, gebe ich mechanisch zur Antwort, und die Unruhe in meinem Inneren breitet sich weiter aus.

»Das können wir unmöglich auf uns sitzen lassen!«, ruft Rosa mit diesem verklärten Aktivistinnengesicht. Es ist der gleiche Ausdruck, den sie neulich bei Armin bekommen hat, als sie vorschlug, das Tattoo-Studio kurz und klein zu schlagen.

Mit einem Mal kommt sie mir weit weg vor.

»Du bist doch jetzt nicht ernsthaft runtergekommen, um mir das zu erzählen?«, unterbreche ich sie unwirsch. »Was ist denn jetzt mit uns? Ich hab den beschissensten Tag meines Lebens hinter mir, und du willst mir sagen, dass du wieder nicht den Mumm hattest, mit Armin zu reden? «

Ich knacke den Verschluss des Taschenrutschers und lasse die kleine Flasche Feigling auf ex in mich reingluckern.

»Lexi! Das bringt doch nix!«, sagt Rosa weich.

Das versetzt mich nur noch mehr in Rage. Ich will auch die zweite Flasche öffnen, da legt Rosa mir ihre Hand auf den Arm.

»Hör mir mal kurz zu, bitte! Ich wollte ja mit Armin reden, aber dann fuhr der gleich das mit den Nazis auf und war überhaupt in so ner Alles-umsonst-Stimmung. Da konnte ich ihm unmöglich auch noch das mit uns reindrücken.«

»Tja, den richtigen Zeitpunkt dafür wird's wohl nie geben, schätz ich.« Ich lache hämisch. »Jedenfalls hab ich null Bock auf so ne Geheimtu-Nummer!«

Das Knarren der Eingangstür lässt uns beide zusammenzucken. Zu meinem Entsetzen ist es ausgerechnet Armin, der aus dem Haus kommt. Er hat seinen Armeerucksack geschultert, in dem leere Flaschen aneinanderklirren. Als er Rosa und mich sieht, bleibt er wie angewurzelt stehen.

»Was geht'n hier ab? Ich dachte, du bist heim.« Armin kann seine Verwunderung nur schlecht verhehlen.

»Ja, nee, ich hab Lexi getroffen«, stottert Rosa. »Wir … ähm … wir wollten noch zu dir hoch.«

Das wird mir jetzt echt zu blöd hier! Ich nutze den kurzen unbeachteten Moment, um abzuhauen. Zornig mache ich auf dem Absatz kehrt und will weglaufen, da zieht Rosa mich an der Schulter herum.

»Warte, Lexi!«

»Auf was denn noch?« Ich sehe sie verächtlich an.

Rosa starrt mir mit weit aufgerissenen Augen ins Gesicht. Ihr hastiger Atem produziert weiße Wölkchen in der Dunkelheit. Plötzlich sind ihre Hände an meiner Hüfte. Mit einem Ruck zieht sie mich zu sich, und mein Herz rutscht eine Etage tiefer und hämmert in meinem Bauch weiter. Und dann küsst sie mich, so, wie man keine seiner guten Freundinnen jemals küssen würde, nicht mal beim Flaschendrehen.

Da fällt auch bei Armin endlich der Groschen.

»Du Arschkuh!«, zischt er. Die Flaschen in seinem Rucksack scheppern grell aneinander, mit einer solchen Wut stapft er davon.

»Sorry«, murmele ich ihm hinterher, doch da ist Armin schon in seinem Haus verschwunden. Ich schaue mich um, ob irgendwer die Straße langkommt, aber nur der Wind pfeift uns um die Ohren.

»Bin stolz auf dich!«, sage ich und nehme Rosa fest in die Arme.

Und dann küssen wir uns noch ein paarmal, allerdings nicht vor Armins Haus, das wäre wirklich gemein. Den ganzen Heimweg über bleiben wir an dutzend Ecken stehen, um uns zu umarmen und zu küssen, mit beiden Händen die andere zu fühlen, zu begreifen und dieses Glühen auszukosten, das von ganz innen kommt und unsere Wangen rot färbt.

Bevor Rosa in Richtung ihres Villenviertels abbiegt, verabschiedet sie sich von mir mit einem langen Kuss, der unendliche Möglichkeiten in Aussicht stellt. Auf weichen Knien schwebe ich voller Zuversicht nach Hause.

Kapitel 16

Mir graut vor der Schule, weshalb ich nachts auch ein paarmal aufgewacht bin. Gähnend streife ich mir meinen Anarchie-Pullover über und hüpfe in meine Westjeans. Darüber kommen das Flanellhemd meines Vaters und meine Westjeansjacke. Ich binde mir ein schwarzes Dreieckstuch um den Hals wie ein Bandit. Dann kämme ich mir sorgfältig die Haare auf eine Seite, sodass meine kahle Kopfhaut gut zur Geltung kommt. Zuletzt schlüpfe ich in meine NVA-Stiefel und betrachte mich im Flurspiegel. In meiner Rüstung fühle ich mich ein bisschen weniger angreifbar.

Der Regen hat die Wiese vor unserem Haus in ein Schlammfeld verwandelt. Den Kopf in den Wolken, die Füße im Dreck. Schon absurd, dass die eine Sache, die mich gerade glücklich fühlen lässt, gleichzeitig für Leid sorgt, weil der Großteil meiner Klasse nicht drauf klar kommt, dass ich lieber Mädels mag.

Ich wappne mich innerlich für den unvermeidlichen Gang über den Schulhof, doch ich komme nicht weit. Vor dem Tor wartet Janine, deren bedrückte Miene sich seit gestern nicht wesentlich verändert hat. Ich freue mich ein bisschen, sie zu sehen, gleichzeitig schießt die Wut in meinem Inneren hoch wie ein giftiger Pilz.

»Was gibt's?«, frage ich kühl.

»Hast du kurz Zeit zu reden?«

Ich zucke gleichmütig mit den Schultern.

»Die Zettelaktion war total scheiße von mir!«, gibt Janine zu. »Dabei wollte ich dir nur sagen, dass du meine beste Freundin bleibst, ob du nun lesbisch bist oder nicht. Das stand in dem Brief.«

»Echt?« Ich hebe die Augenbrauen.

»Ja, echt. Ich war nur ein bisschen geschockt von deiner Nachricht und irgendwie auch überfordert, weil ich Schiss hatte, ich bin dann abgeschrieben. In letzter Zeit gab es ja eigentlich nur noch die Punks und Rosa für dich.«

»Stimmt«, räume ich ein und tippele betreten auf der Stelle. Mit einem Mal fällt mir auf, dass ich schon ewig nichts Schönes mehr mit Janine zusammen gemacht hab. Stattdessen hab ich ihre Freundschaft als selbstverständlich hingenommen und mich nicht weiter um sie bemüht. Gerade jetzt aber brauche ich Janine als meine Verbündete mehr denn je.

»Ich bin froh, dich als Freundin zu haben«, sage ich.

»Heißt das, du verzeihst mir?«

Ich grinse schief. »Schätze schon.«

Janine sieht mich erwartungsvoll an. »In den Schmonzfilmen, die meine Eltern immer gucken, würden sie sich jetzt umarmen. Sollen wir?«

»Falls du Lesben noch umarmst …«

Statt einer Antwort schlingt Janine kichernd die Arme um mich und drückt mich fest an sich.

Ich lege erleichtert die Arme um sie.

»Guck mal, die lieben sich!«, höre ich eine Sechstklässlerin ihrer Freundin zurufen.

Ich mache mich auf einen langen Schultag gefasst.

»Ähm, ich hab da übrigens noch was vorbereitet …« Janine lässt mich los. Mit spitzbübischem Grinsen knöpft sie ihre Jacke auf. Darunter kommt ein weißes T-Shirt zum Vorschein, das sie dick mit Edding beschriftet und einfach über ihren Pulli gezogen hat. Ich muss mehrmals blinzeln, weil ich nicht glauben kann, was ich da sehe. »Gott liebt Lesben« steht in bunten Großbuchstaben quer über Janines Brust.

»Das ist nicht dein Ernst!«, japse ich und bin überrumpelt und gerührt zugleich.

»Und ob das mein Ernst ist!« Entschlossen stapft Janine los, ich trotte zögernd hinterher.

Als wir vor dem Schulgebäude ankommen, wo es jeden Moment zur Ersten klingelt, zieht Janine ihre Jacke aus. »Bist du bereit?« Breit grinsend hakt sie mich unter.

Gemeinsam betreten wir die Klasse.

Weil ich es nicht aushalte, dass die beiden liebsten Menschen in meinem Leben sich nicht ausstehen können, hab ich Rosa und Janine zu mir beordert, natürlich ohne der jeweils anderen was davon zu verraten. Rosa guckt nicht schlecht, als wir kuschelnd auf meinem Bett liegen, und es plötzlich an meine Zimmertür klopft. Keine Sekunde später steht Janine im Raum. Mutter muss sie reingelassen haben.

Ertappt rückt Rosa von mir ab. Ihr Gesicht ist ganz rot vor Ärger. Ich weiß nicht, ob darüber, dass unser romantisches Beisammensein gestört wird oder darüber, Janine zu sehen, den »Christenfisch«, wie Rosa sich das letzte Mal ausgedrückt hat. Vielleicht von beidem ein bisschen.

Janine ist bei Rosas Anblick sofort in der Tür stehen geblieben. »Oh, du hast schon Besuch, wie ich sehe«, bemerkt sie pikiert. »Dann ist es wohl besser, ich geh wieder!«

Ohne ein Wort macht Rosa sich daran, ihre Springerstiefel anzuziehen.

Da raste ich aus.

»Es reicht!«, erhebe ich meine Stimme, und beide schauen mich verdutzt an. »Wie lang soll dieses Kindergarten-Getue denn noch weitergeh'n? Wir setzen uns jetzt *alle* hin und reden miteinander, ob ihr wollt oder nicht!«

Beherzt nehme ich im Schneidersitz auf meinem Teppich Platz und komme mir vor wie eine peinlich bemühte Pädagogin. Die Aktion könnte genauso gut nach hinten losgehen.

Janine seufzt theatralisch und lässt sich schließlich neben mich auf den Teppich fallen.

Rosa schnürt ungerührt weiter ihre Stiefel. Aber da sie mit ihren vierzehn Loch dazu immer eine halbe Ewigkeit braucht, kommt sie nicht weit.

Ich nehme ihre Hand.

Sie schaut nicht hoch.

»Bitte!«, sage ich und mache ein Hundegesicht.

Widerwillig setzt Rosa sich auf den Teppich mit angewinkelten Beinen, hinter denen sie sich verbarrikadiert wie hinter einer Mauer. Die halb geschnürten Stiefel behält sie einfach an. Ich sehe an Janines geringschätzigem Blick, wie sehr ihr das missfällt. Bestätigt es doch einmal mehr das Bild, das sie von Rosa hat: die unerzogene Punkerbraut aus reichem Hause, die auf alles scheißt.

Beide starren trotzig und stumm vor sich hin. Da ich das Ganze eingefädelt hab, muss ich wohl anfangen zu reden. Immerhin sind beide schon mal zusammen in einem Raum, ohne sich gegenseitig an die Gurgel zu gehen. Das lässt mich neue Hoffnung schöpfen.

»Ich mag euch beide wahnsinnig gern, wisst ihr das? Jede für ihre ganz eigene Art. Aber es gibt ein paar Eigenschaften, die ich an euch beiden schätze: Ehrlichkeit, Aufrichtigkeit, Loyalität und eure verrückten Ideen. Vielleicht seid ihr euch ja ähnlicher, als ihr euch beide eingesteh'n wollt«, mache ich den Versuch, eine Brücke zu schaffen.

»Pffff.« Rosa lacht hämisch. »Was sollte ich bitte mit nem Christenfisch gemein haben? Dass wir beide Wein trinken? Aber im Gegensatz zu ihr, denke ich nicht, dass es das Blut Jesu ist«, grient sie.

Janine schießt ihr giftige Blicke zu. An mich gewandt, sagt sie: »Ich bleib nur dir zuliebe sitzen, Lexi, damit das klar ist. Du weißt, dass ich bei Jesus keinen Spaß verstehe!«

Rosa gluckst bestätigt in sich rein.

»Ich find schon, dass ihr vieles gemeinsam habt«, versuche ich es weiter. »Ihr seid beide treue Seelen. Ihr lasst euch nix gefallen und gebt sofort Widerworte, wenn euch was nicht passt.«

»Willst du damit sagen, der Christenfisch ist ein Punk?« Rosa grinst frech in meine Richtung.

»Ach, komm!«, wischt Janine ihre sarkastische Bemerkung mit einer verächtlichen Handbewegung weg. »Du immer mit deinem Attitüde-Film!« Sie schaut Rosa das erste Mal direkt ins Gesicht, während sie das sagt. »Denkst du, Nicht-Punks können nicht auch widerständig sein und protestieren? Nur weil ich deine Bands nicht kenne oder nicht in Lederjacke mit A im Kreis drauf rumrenne, heißt das doch noch lange nicht, dass ich verbohrt und spießig bin. Im Gegenteil: Ich find's ganz schön spießig, ehrlich gesagt, Leute nur nach ihrer Verpackung zu beurteilen, ohne sich mal länger mit ihnen unterhalten zu haben, meinst du nicht?«

Rosa macht ein langes Gesicht. »Und, warum sollte ich mich mit nem Jesus-Freak unterhalten?«, brummt sie unwillig.

»Warum sollte ich mich mit ner Punkerin unterhalten, die mich für meinen Glauben verurteilt und mich nur durch diese Brille sieht?«, schießt Janine zurück. »Vielleicht weil ich sie ansonsten nett und cool finde, obwohl wir in diesem Punkt nicht übereinstimmen?«

Rosa hebt überrascht den Kopf.

»Mir ist zum Beispiel völlig wurscht, woran du glaubst oder nicht«, fährt Janine fort. »Ist doch dein Bier. Ich beurteile Menschen nur nach dem, wie sie sich verhalten.«

Dann passiert etwas sehr Seltenes: Rosa verschlägt es die Sprache. Sie tut schwer beschäftigt damit, an ihren Schnürsenkeln herumzuzuppeln. Mit gesenktem Blick sagt sie: »Aber du glaubst nicht dran, dass Jesus auf dem Wasser gehen konnte, oder? Ich mein, rein physikalisch betrachtet, ist das doch schier unmöglich.«

Dass sie aber auch immer das letzte Wort haben muss! Ich sehe meine Felle davonschwimmen und schiele ängstlich zu Janine, die ihr Gesicht zu einer grimmigen Grimasse verzogen hat.

Aber da hebt Rosa den Kopf und lächelt. Ein offenes, aufrichtiges Lächeln.

Janine erkennt es zum Glück als solches und lächelt zurück. »Na ja, Wasser in Wein verwandeln zu können, wünsch ich mir schon manchmal, wenn ich der Kassiererin in der Kaufhalle glaubhaft versichern muss, dass ich alt genug bin, um Alk zu kaufen«, erwidert Janine.

»Good old Jesus!«, seufzt Rosa, und wir kichern.

»Wir müssen uns ja nicht mögen«, gibt Janine mit ernster Miene zu bedenken, »aber vermutlich werden wir uns in Zukunft ja noch öfter über den Weg laufen, schätze ich?«

Mit fragendem Blick schaut sie zu mir.

Ich nicke.

Rosa strahlt mich an. Dann streckt sie Janine die Hand hin. »Okay, Christenfischli, Peace?«

»Peace«, sagt Janine und schlägt ein.

Fürs Erste bin ich erleichtert, obwohl ich nicht weiß, ob ich dem neuen Burgfrieden so richtig trauen kann. Dazu ist Janine zu launisch und Rosa zu stolz.

Rosa schlägt vor, zusammen eine Friedenspfeife zu rauchen. Zu meinem Erstaunen ist Janine sofort Feuer und Flamme.

»Wie, du kiffst?!« Ich versteh die Welt nicht mehr!

»Ich hab's neulich mit Leo ausprobiert. Gar nicht mal so übel!«, schmunzelt sie.

Als wir durch unseren Hausflur poltern, um uns im Hof ein ungestörtes Plätzchen für unsere Sportzigarette zu suchen, sagt Janine: »Wusstet ihr, dass die ganzen Rastaleute nur kiffen, um Gott näher zu sein?«

Ich drücke schweigend Rosas Hand, und sie drückt grinsend zurück.

Rosa, Janine und ich hocken auf dem Boden meines Zimmers und brüten seit einer halben Stunde einen Plan gegen die Nazis aus – Rosas Vorschlag. Ich bin wenig zuversichtlich. Was sollen wir drei schon gegen das Tattoo-Studio ausrichten, wenn die Flugblätter nichts gebracht haben?

Janine kaut an einer blonden Haarlocke in Ermangelung von Chips oder dergleichen.

Ich hab vergessen, uns was zu knabbern zu besorgen, weil ich zu aufgeregt war, ob Rosa und Janines Friedensabkommen auf Dauer halten kann. Rosa zeigte sich erst wenig begeistert davon, Janine gegen die Nazis mit ins Boot zu holen. Stille Co-Existenz, schön und gut, aber noch mal mit Janine zusammenarbeiten nach der ätzenden Flyer-Aktion? Da war für Rosa die Grenze. Nur unter Aufbietung all meiner Überredungskunst konnte ich sie schließlich doch überzeugen. Wortreich hab ich Janines gute Ideen angepriesen, von denen sie unerwartet eine überkommt.

»Ich hab's!«, schreit sie so laut, dass ich zusammenfahre. »Eine von uns könnte sich bei den Nazis tätowieren lassen, dann sind die am Arsch. Tätowieren Minderjähriger ist doch verboten in Deutschland.«

»Guter Plan«, pflichtet Rosa Janine mit hochgezogenen Augenbrauen bei. »Du kannst dir ja ein Kreuz tätowieren lassen oder nen Engel mit Flügeln oder sowas.«

Ich halte die Luft an. Geht das schon wieder los!

»Die Zeiten sind vorbei«, erwähnt Janine beiläufig.

Rosa und ich drehen erstaunt die Köpfe.

»Jetzt guckt nicht so! Ich geh bloß nicht mehr zum Teenie-Kreis«, erzählt sie. »Die haben Leo und mich ausgeschlossen, weil wir vorehelichen Na-ihr-wisst-Schon hatten.«

»Wieso, ich dachte, Fummeln ist keine Sünde?«, werfe ich ein.

»Na ja, wie das halt so ist, einmal Blut geleckt …« Janine grinst vielsagend, und ich muss dran denken, wie ich das erste Mal Rosas warme Haut auf meiner spürte und sofort wusste: Ich will mehr davon.

Rosa geht es offenbar ähnlich, denn sie wird bei Janines Worten ein bisschen rot, was ich total niedlich finde. Ich zwinkere ihr zu. Um abzulenken, frage ich Janine, ob sie jetzt nicht mehr an Gott glaubt.

»Doch, das schon«, gibt sie prompt zur Antwort. »Aber ich hab keinen Bock auf so nen Verein, der bestimmt, wer wen lieben darf und wer nicht und ab wann und wie und überhaupt. Ich will jetzt leben und nicht erst in ein paar Jahren! Ich denke nicht, dass das meinem Glauben irgendwie schadet.«

»Weise Worte!«, bemerkt Rosa anerkennend. »Vielleicht lässt du dir ja doch ein Anarchie-A tätowieren?« Sie zwinkert Janine zu, aber der entgehen solche Feinheiten wie so oft.

»Damit die Nazis mir aufs Maul hau'n, oder was? Nee, danke!«, blafft sie empört.

»War'n Witz!« Rosa hebt entschuldigend beide Hände, und Janines verkniffenes Gesicht entspannt sich zum Glück wieder.

»Aber vielleicht lass ich mir ein L für Leo stechen«, kichert Janine, und ihre Augen fangen an, zu glänzen. »Bevor ich's vergesse, der kommt übrigens gleich noch kurz vorbei«, sagt sie an mich gewandt.

»Tätowieren Minderjähriger, schön und gut, der Plan hat aber Löcher wie ein Schweizer Käse«, wende ich ein. »Erstens kann es sein, dass die ne schriftliche Erlaubnis von deinen Eltern seh'n wollen, und zweitens wärst du dann tatsächlich tätowiert, und die Nazis haben sich lebenslänglich auf deiner Haut verewigt. Haste dir das mal überlegt?«

»Oh, du hast recht!«, gibt Janine kleinlaut zu und kaut an ihrer Locke. Typisch sie, nur von einer Sekunde auf die nächste zu denken!

Angespannt streiche ich über meinen chipshungrigen Bauch, als müsste daraus der entscheidende Einfall purzeln. »Aus was für nem Grund könnte ein Tattoo-Studio denn noch schließen müssen?«

»Hygiene«, meint Rosa und fährt sich durch ihre von Rasiercreme komplett steifen Haare.

»Das isses!«, rufe ich enthusiastisch. »Wir setzen denen Ungeziefer in die Bude und rufen das Gesundheitsamt.«

»Zecken am besten!«, bemerkt Janine, und wir müssen alle drei so sehr lachen, dass uns die Bäuche weh tun.

In dem Moment klingelt es an der Tür. Es ist Leo, der sich sofort in unserer Runde beliebt macht, weil er zwei Tüten Chips dabei hat. Leo hockt sich direkt neben Janine, und jeder kann deutlich sehen, wie verliebt die beiden sind. Janine, die eine geöffnete Tüte Kartoffelchips vor sich und Leo neben sich hat, weiß gar nicht, wohin zuerst mit ihren Fingern.

Rosa ist mir in die Küche gefolgt, wo ich Cola für uns hole.

»Hängen wir jetzt den ganzen Abend mit den Freikirchlern ab, oder wie?«

»Ex-Freikirchler, hast du doch gehört. Die sind jetzt nur noch Liebende.« Ich pruste los.

Rosa sieht noch nicht ganz überzeugt aus.

»Du wieder mit deinen Vorurteilen«, ziehe ich sie auf und fasse sie sanft an der Hüfte. »Du hast noch nicht einen Satz mit Leo geredet! Menschen können sich ändern, dafür bist du übrigens das beste Beispiel.«

»Hä?« Rosa braucht ein paar Sekunden, um zu kapieren, worauf ich hinauswill.

Dass sie manchmal etwas schwer von Begriff ist, finde ich sehr süß. Ich küsse sie auf den Mund, und wir tragen vier Gläser voll Vita-Cola in mein Zimmer.

Leo nimmt mir eins ab und bedankt sich mit einem Nicken. Mit seinen ins Gesicht hängenden schwarzen Haaren und der bleichen Haut, die letzten Sommer garantiert keinen einzigen Sonnenstrahl gesehen hat, wirkt er wie ein Dichter oder Rockgitarrist. Janine hat nur Augen für Leo, der mit Grübelmiene nach einem Gesprächsthema zu suchen scheint. Rosa stopft gleichmütig Chips in sich rein und schweigt sich aus.

»Find ich cool, dass du Ost-Cola da hast«, sagt Leo schließlich.

Ich lächele ihn an.

»Ich mag Coca Cola nicht und den ganzen Konsumkram aus dem Westen«, erklärt er.

»Hört, hört!«, bemerkt Rosa gehässig.

»Nee, echt jetzt. Meine Eltern, zum Beispiel, die hocken nur noch auf der Couch und futtern Ritter Sport vorm Großbildfarbfernseher in sich rein. Früher wollten die noch was verändern, auch in der DDR schon, aber dann sind die voll in die Konsumfalle getappt, und jetzt zählt nur noch DM.«

»DM?«, fragt Janine mit verklärtem Blick, und ich kann mich des Eindrucks nicht erwehren, dass sie kaum was von Leos Ausführungen verstanden hat, so verliebt, wie sie dreinschaut.

»Na D-Mark«, sage ich, und Leo zwinkert mir zu.

»Meine Alten genauso«, wirft Rosa ein, und ich muss an den mannshohen Kühlschrank ihrer Eltern voll mit West-Joghurt denken. »Schlimm ist das! Konsum sorgt nur für Hirnverblödung und Bequemlichkeit.«

»So isses!«, pflichtet Leo ihr bei, und Rosa lächelt ihn zum ersten Mal freundlich an.

»Jetzt müssen nur noch die Nazis weg!«, erinnere ich an unseren Plan.

»Also Ungeziefer reinsetzen, damit die wegen Hygienemängeln schließen müssen«, fasst Rosa noch mal unsere bisherigen Ergebnisse zusammen.

»Guter Plan!«, findet Leo. »Aber kommen die Bullen einfach so, um ein Tattoo-Studio zu überprüfen? Die brauchen doch nen Anlass.«

»Die Bullen vielleicht nicht, aber ein bestimmter Bulle.«

»Wie jetzt?« Leo guckt verständnislos.

»Ich kenn da wen«, erkläre ich. »Den frag ich, ob er das macht.«

Als Rolf das nächste Mal bei uns zum Abendessen ist, quetsche ich ihn ein bisschen über das Tattoo-Studio aus.

Der Bulle ist ganz beglückt, dass ich von mir aus das Gespräch mit ihm suche, statt wie sonst nur einsilbig zu antworten, und gibt freimütig Auskunft. Er erzählt, dass derselbe Bürgermeister, der die »Unsere Stadt ist bunt«-Schilder aufstellen ließ, nun den Einsatz der Nazis für den Einzelhandel am Markt lobt.

»Wie bitte?«, fragt Mutter ungläubig.

»Leider haben die Rechten alle Auflagen erfüllt«, nickt Rolf. »Denen kommt man nicht bei.«

Was guckt der denn so sparsam? Ein Bulle, der nicht selber rechts ist? Das ist in unserer Gegend beinahe so selten wie ein weißer Rabe. Nicht, dass er mir am Ende noch sympathisch wird!

»Was denn für Auflagen?«, will ich wissen.

»Einmal musste die Umnutzung des Ladengeschäfts als Tattoo-Studio beantragt werden. Und natürlich die Einhaltung der hygienischen Vorschriften, die das Gesundheitsamt regelmäßig kontrolliert. Alles arisch rein bei denen!«

Verdammt, denke ich. »Und wenn, sagen wir, die Hygiene nicht eingehalten würde, könnte das Ding sofort geschlossen werden?«, löchere ich ihn weiter.

»Ich denke schon. Hygiene ist ja das A und O beim Tätowieren.«

Mutter grinst die ganze Zeit voll happy, dass Rolf und ich uns unterhalten. Ich nehme ihm das Versprechen ab, das Tattoo-Studio bald genauer unter die Lupe zu nehmen.

»Da mal nachschauen kann ich gerne mit dem Gesundheitsamt. Nur ob die dann was finden werden, ist die andere Frage.«

»Das lass mal meine Sorge sein«, grinse ich schelmisch.

Rolf ist klug genug, nicht weiter nachzuhaken. Er mag zwar sonst eine aufdringliche Nervbacke sein, aber heute Abend hat er hundert Punkte bei mir gesammelt.

Kapitel 17

Kurz nach fünf schleiche ich allein über den Marktplatz mit einer Mission. Der Herbstwind pfeift mir um die Ohren. Wenn er mal aufhört, kann ich ein deutliches Schaben und Kratzen vernehmen, das aus meinem Rucksack kommt. In dem warten dreißig Kakerlaken in einer Schachtel darauf, freigelassen zu werden. Die Tiere hat Rosa aus der Zoohandlung besorgt, normalerweise werden sie an Reptilien verfüttert. Da können die Kakis froh sein, dass sie heute sogar eine ehrenvolle Aufgabe erfüllen dürfen.

Ich laufe vorbei am Brunnen, der verwaist daliegt. Aber selbst wenn die Punks da jetzt säßen, bin ich mir nicht sicher, ob sie mich erkennen würden. Meine Füße sind ungewohnt leicht in Janines Knöchelturnschuhen. Ständig muss ich aufpassen, dass ich nicht stolpere. Meine Haare hab ich zu einem Rattenschwanz zusammengebunden und die kahle Kopfhälfte unter einer rosafarbenen Baseballkappe mit der Aufschrift »Sweet« versteckt.

Janine hat mich in einer aufwendigen Prozedur geschminkt, das volle Programm: dicker blauer Lidschatten, Lippenstift und Rouge auf die Wangen. Sie wollte mir sogar die Fingernägel lackieren, um die Maskerade perfekt zu machen, aber das konnte ich zum Glück verhindern. Nicht verhindern konnte ich allerdings, dass sie mir meinen Büstenhalter ausgestopft hat, damit ich wie achtzehn wirke. Zu knallengen Blue Jeans und einer Paillettenjacke trage ich wagenradgroße Silberohrringe, die Janine ihrer Mutter entführt hat.

Als Rosa mich in dem Aufzug sah, wollte sie mich nicht mal küssen. Daher kann ich mir ziemlich sicher sein, dass meine Verkleidung echt wirkt. Trotzdem bin ich angespannt wie ein Flitzebogen, als ich vor dem Nazi-Tattoo-Studio stehe, auf dessen Eingangstür »Stechlin« prangt. Schon beim Anblick der Frakturschrift läuft es mir kalt den Rücken runter. Zum tausendsten Mal versichere ich mir, dass Rosa, Janine und Leo in einem Café um die Ecke warten, bereit einzugreifen, falls irgendwas sein sollte. Aber erst mal bin ich auf mich allein gestellt. Allein auf weiter Nazi-Flur.

Ich schüttele meinen Rucksack durch, damit die Kakerlaken Ruhe geben, und stoße die Tür auf. Beim Klingeln, das sofort ertönt, zucke ich zusammen.

Der Vorraum ist weiß gefliest. Eine Bank und zwei Sessel gruppieren sich um einen flachen Tisch, auf dem sich Tattoo-Zeitschriften türmen. Über allem hängt der stechende Geruch von Desinfektionsmittel. Schnell schaue ich mich um, ob ich eine Hakenkreuzfahne oder ein gerahmtes Hitler-Bild oder sowas entdecken kann, doch nichts dergleichen. Äußerlich sieht das Tattoo-Studio ein bisschen aus wie ein Wartezimmer beim Arzt. Eine Schiebetür trennt den Vorraum ab vom Tätowierbereich. Aus dem tritt jetzt Ronny Messerschmidt höchstpersönlich, angelockt vom Gebimmel.

Ich halte die Luft an.

Aber seine brutale Visage ist auf freundlich eingestellt. »Hi!«, plärrt der Koloss mit der Froschstimme.

»Hallo!«, piepse ich. »Ich äh … will mich tätowieren lassen.«

»Ach was!« Ronny stützt seine kindskopfgroßen Hände in die Hüften und mustert mich von oben bis unten. Mir schlottern die Knie. Deshalb nicke ich blöde, um meinem Wunsch Nachdruck zu verleihen.

»Ich dachte schon, du willst ein Brot kaufen«, sagt er grinsend.

Da erst kapiere ich, dass er mit mir scherzt.

»Haha, lange Leitung heute!« Ich lache gekünstelt.

»Weißt du schon, was du willst oder lieber noch mal gucken?«

»Ich schau lieber noch mal«, sage ich, um Zeit zu gewinnen.

»Alles klar!« Der riesige Nazi tritt auf mich zu, und ich weiche nervös zur Seite.

Er lacht kernig. »Entspann dich, es tut gar nicht so weh, wie man denkt!« Aus einem Regal hinter mir kramt er ein Motivbuch hervor, das er mir in die Hand drückt.

»Bitte sehr, ich hoffe, du findest was. Ich hab noch ein Cover-up hinten, das würd ich kurz fertig machen. Dann bin ich gleich bei dir.«

»Okay«, piepse ich und atme erleichtert durch, als er weg ist.

Mit dem Motivbuch nehme ich an dem Tisch Platz und quetsche meinen Rucksack darunter. Die Kakerlaken kratzen aufgeregt in ihrer Schachtel, als würden sie Pogo tanzen. Jetzt, ich muss die Viecher jetzt aussetzen! Aber am besten im Tätowierraum.

Mit schwitzigen Händen blättere ich in dem Vorlagenbuch. Es enthält kitschige Blumenranken, Tiere und lächerliche Tribalmotive, die gerade bei den aufgepumpten Fitnessstudio-Prolls in sind. Hakenkreuze oder dergleichen finde ich nicht. So doof ist Ronny auch wieder nicht. Das Schlimmste, was ich entdecken kann, ist ein Thorhammer. Der kommt von den Germanen und wird gern von Nazis als Symbol der Stärke getragen. Das weiß ich aus dem Ethikunterricht, wo wir neulich rechte Symbole dran hatten. Aber verboten ist der Thorhammer nicht.

Die Kakerlaken fordern lautstark ihre Freilassung. Ich schiele zur Schiebetür, hinter der ein monotones Summen ertönt. Ronny scheint zu tätowieren. Als ich die Schachtel gerade vorsichtig aus meinem Rucksack gehoben hab, bimmelt die Ladentür. Mein Kopf schnellt hoch. Da steht der kleine Nazi, der mich neulich als schwul angemacht hat. Hastig lasse ich die Box wieder im Rucksack verschwinden.

Er wirkt verdutzt, überhaupt jemanden da sitzen zu sehen. Als würden die Nazis sich nur gegenseitig tätowieren.

Um nicht weiter aufzufallen, blättere ich geschäftig in dem Motivbuch.

Der Nazi steht unschlüssig rum und reibt sich die Hände an seiner Tarnhose. »Ist Ronny hinten?«, will er schließlich von mir wissen.

»Der tätowiert«, antworte ich knapp und hoffe, dass er gleich wieder verschwindet.

»Aha! Dann warte ich kurz auf ihn.« Er lässt sich in den Sessel neben mir fallen und macht einen langen Hals. »Was lässt du dir denn Schönes stechen?«

»Äh, einen Pegasus oder eine Blumenranke? Ich weiß noch nicht so genau.«

»Ihr Frauen mit euren Blumen immer!«, sagt der Kleine. »Willste mal ne richtige Tätowierung seh'n?«

Mein Schweigen deutet er als Zustimmung und entblößt deshalb umgehend seine rechte Wade, auf der das Konterfei eines Schäferhundes abgebildet ist.

»Dein Hund?«, frage ich, um irgendwas zu sagen.

»Nee, das ist Blondi«, antwortet er stolz. »Das war die Schäferhündin eines ganz großen deutschen Politikers.« Er zwinkert mir zu.

»Sieht toll aus!«, lüge ich und muss mich zusammenreißen, um nicht laut loszulachen. Welcher Idiot lässt sich Hitlers Schäferhund aufs Bein tätowieren?

Der Nazi krempelt seine Hose wieder runter und starrt mich an. »Haben wir uns nicht schon mal in der Stadt geseh'n?«

»Glaub nicht«, erwidere ich hastig. Mit zittrigen Fingern nestele ich am Schirm meines Basecaps herum und versuche, mich mit dem Gedanken zu beruhigen, dass mein Gesicht dick mit Schminke zugespachtelt ist.

»Das Käppi verdeckt deine hübschen Augen«, sagt er dunkel und lacht verlegen.

O Gott, Hilfe! Dass mit Nazis flirten auch zu meiner Mission gehört, hat mir vorher keiner gesagt! Ich lächele höflich. Dann deute ich auf ein Motiv aus Ronnys Buch und verkünde: »Ich glaub, ich lass mir doch so ein Tribal hier stechen. Mein Freund hat auch so eins, über den ganzen Rücken, das sieht echt stark aus.«

Der Nazi glotzt dumm aus der Wäsche. »Ah so. Na dann viel Spaß noch!« Er steht plötzlich auf und reibt wieder seine Hände an der Hose. »Kannst du Ronny sagen, dass Kuno da war?«

Ich nicke. Endlich haut er ab. Erleichtert packe ich das Motivbuch beiseite. Hinter der Schiebetür zum Arbeitsbereich ist ein leises Surren vernehmbar. Ronny tätowiert also noch.

Hektisch fummle ich die Schachtel mit den Kakerlaken aus meinem Rucksack. Ein letzter Rundumblick, dann kippe ich sie kurzerhand zwischen zwei große Blumentöpfe. Begeistert von der unverhofften Freiheit, schwärmen die Schabentiere sofort aus, wohl auf der Suche nach was Essbarem. Ein paar krabbeln unter die Sessel, andere unter die Regale. Nur eine Kakerlake bleibt störrisch mitten im Raum sitzen, ein hässlicher Schandfleck auf Ronnys arisch weißem Boden.

Hinter der Schiebetür tut sich was.

»Danke noch mal, ist echt geil geworden«, höre ich eine schrille Frauenstimme, die klingt, als könne sie Stahl biegen.

Ronny tritt auf den Plan, im Schlepptau eine waschechte Nazibraut. Sie trägt eine zu große Bomberjacke und ihren Schädel rasiert, bis auf einen Kranz aus wasserstoffblonden Strähnen, die ihr ins Gesicht fallen.

Noch nie hab ich eine lächerlichere Haarfrisur gesehen! Ich muss mich zusammenreißen, nicht dauernd hinzustarren. Am Hals hat sie ein brandneues Tattoo, das mit Frischhaltefolie abgeklebt ist.

»Und denk dran, immer schön eincremen«, ermahnt Ronny sie. »Ich hoffe, jetzt kriegste den Job.«

Die Nazibraut hat eine ätzende Lache. Ich blättere angestrengt in dem Motivbuch. Über dessen Rand hinweg versuche ich, die Kakerlaken auszumachen. Ein paar turnen in den Pflanzen rum, die sieht man aber nur, wenn man es weiß. Nur unsere Kakerlakenfreundin auf dem weißen Fliesenboden thront da wie eine Prinzessin und reibt die langen Fühler aneinander.

»Also dann.« Die Nazibraut streckt Ronny die Hand hin. »Sieg –«

»Heil«, erwidert der und schlägt ein.

Mir steht der Mund offen. Die haben keine Skrupel, sich so vor mir zu verabschieden! Ich kämpfe noch mit meiner Fassung, als die Nazibraut sich schwerfällig in Bewegung setzt und beim Rausgehen auf meine Kakerlake trampelt. Es knackt leise unter ihrem schweren Stiefel.

Ich pisse mir fast in die Hose vor Angst, dass alles auffliegt. Aber die zermatschte Kakerlake verlässt das Tattoo-Studio an der Sohle der Nazibraut.

»Was gefunden?«, wendet Ronny sich an mich.

Ich deute auf das hässlichste Tribal in dem Buch und sage, dass ich das gern auf dem Rücken über dem Steißbein tätowiert hätte.

»Gute Wahl!« Ronny nickt anerkennend. »Dann mal los, oder?«

Wo bleiben denn Rolf und das Gesundheitsamt? Wir hatten ausgemacht, dass die spätestens eine halbe Stunde nach meinem Eintritt ins Tattoo-Studio auftauchen sollten, und jetzt ist es schon fast um sechs. Die werden doch nicht schon Feierabend gemacht haben?

Mit zitternden Knien folge ich Ronny in den Tätowierbereich wie zu meiner eigenen Hinrichtung. Am Ende gehe ich hier wirklich mit dem hässlichsten Arschgeweih des Planeten wieder raus. Alles für den Anti-Nazi-Kampf!

Um Zeit zu schinden, frage ich Ronny, worauf man beim Tätowieren so achten muss. Er erklärt mir alles geduldig, wohl weil er denkt, ich frage aus Angst, dass irgendwas schiefgeht. Dann sind alle meine Fragen beantwortet, und mir wollen keine neuen mehr einfallen. Ich merke, dass Ronny langsam ungeduldig wird.

»Leg dich schon mal auf die Liege, und mach den Rücken frei«, sagt er und lässt seine tätowierten Fingerknöchel knacken.

Hilfe! Ich raffe meine Bluse hoch und lege mich bäuchlings auf meine ausgestopften Brüste. Panik ergreift mich, die Maskerade könnte auffliegen. Also ruhig atmen und hoffen, dass Rolf gleich auftaucht. Ronny ist zum Glück so konzentriert bei der Arbeit, dass er nicht registriert, wie angespannt ich bin. Mit Abzugsflüssigkeit bringt er eine blaue Vorlage des Arschgeweihs auf meinem unteren Rücken auf.

Ich betrachte mich im bodenlangen Spiegel, um zu gucken, ob das Tribal an der richtigen Stelle sitzt. Das Arschgeweih ist so hässlich, dass es mich schaudert. Rosa würde mich an der Stelle nie mehr anfassen, da bin ich mir sicher.

Ich setze ein breites falsches Grinsen auf und fiepse: »Toll!«

Zitternd lege ich mich wieder hin. Ronny macht sich daran, meinen Rücken zu desinfizieren. Ich bete zum ersten Mal in meinem Leben, und zwar, dass Rolf jetzt bitte auftauchen möge, bevor der Nazi mich für immer verschandelt. Insgeheim verfluche ich mich selber für die Schnapsidee.

Das Surren der Tätowiermaschine fräst sich erbarmungslos in mein Hirn. Hitze breitet sich in meinem ganzen Körper aus. Meine Rückenmuskeln stechen vor Anspannung, sodass ich nicht sagen kann, ob die flirrende Nadel tatsächlich meine Haut berührt oder es nur Einbildung ist. Ich will quieken, schreien, aber kein Laut verlässt meinen Mund. Nur das Kopfschmerzen erzeugende Surren erfüllt den Raum. Als es vom Gebimmel der Eingangstür übertönt wird, fährt der Schreck mir in alle Glieder. Der nervige Signalton klingt mit einem Mal wie Engelsmusik für meine Ohren.

»Gesundheitsamt, ist der Chef da?«, dröhnt eine Männerstimme.

Ronny hört auf, an meinem Rücken rumzufummeln. »Bin gleich wieder da!«, brummt er gleichmütig und schlurft nach vorne.

Ich luge hinter der Schiebetür des Tattoo-Raums hervor in den Laden. Zwei Typen, die kleine Namensschilder am Revers ihrer Anzüge tragen, offenbar Mitarbeiter des Gesundheitsamtes, erfragen von Ronny die Erlaubnis, sich ein wenig umschauen zu dürfen. Eine Wahl hat er eh nicht.

Gelassen lehnt er an der Empfangstheke und beobachtet die Männer bei ihrer Arbeit. Bis einer der beiden die erste Kakerlake entdeckt.

»Das gibt's nicht!«, winkt er seinen Kollegen herbei und deutet stumm auf den Blumenstock. Als der Typ die arme Pflanze einmal kräftig schüttelt, purzeln weitere Kakerlaken herunter wie Platzregen.

»Was zur Hölle ..?« Das Entsetzen ist Ronny deutlich ins Gesicht geschrieben. Der bullige Nazi ist ganz bleich um die Nase geworden. »Ich hab keine Ahnung, wo die Viecher herkommen, das müsst ihr mir glauben.«

»Jaja«, wehrt der Kollege von dem, der die Pflanze geschüttelt hat, Ronnys Einwand ab. »Das hören wir oft.«

»Iiieeh«, quieke ich quer durch den Laden. »Und hier wollte ich mich tätowieren lassen!«

»Da seien Sie mal froh, junges Fräulein! Wer weiß, was Sie sich hier eingefangen hätten.«

Die Mitarbeiter des Gesundheitsamts teilen Ronny kurzerhand mit, dass sie das Tätowierstudio vorübergehend schließen müssen.

Ich sage den Kakerlaken Adieu und mache, dass ich da rauskomme.

Im Café um die Ecke werde ich mit großem Hallo begrüßt. Sofort bestürmen mich Rosa, Janine und Leo mit Fragen, wie es denn gelaufen sei. Ich halte kurz den Daumen nach oben und nehme mit wackeligen Knien am Tisch Platz, an dem die drei Cola trinkend auf mich gewartet haben.

»Du zitterst ja!« Rosa legt mir voller Mitgefühl ihre Hand auf den Arm.

Erst da merke ich, unter was für einer Anspannung ich die ganze Zeit gestanden hab. Die mühsam unterdrückte Angst ist mit einem Schlag wieder da und schnürt mir die Kehle zu. Komisch, jetzt, wo doch die Gefahr gebannt ist!

»Können wir woandershin?«, frage ich kraftlos, mich nervös nach allen Seiten umblickend. Ein Anflug von Paranoia ergreift mich, dass die Nazis nun nach der seltsamen Person Ausschau halten könnten, die sich tätowieren lassen wollte, kurz bevor die vom Amt kamen. Vermutlich ist es in dem Fall nicht allzu schlau, direkt um die Ecke des Tatorts zu sitzen.

»Wollen wir zu mir geh'n?«, schlägt Rosa vor. »Ich hab da noch ne kleine Überraschung.«

Als wir auf Rosas vertrauter Couch hocken und ich endlich aus den Tussi-Klamotten raus bin, fühle ich mich schon wieder eher als ich selber. Rosa sitzt neben mir und hält meine Hand, die noch klamm ist vom Angstschweiß.

»Wie war es denn, mit Ronny zu reden?«, quetscht Janine mich aus. Als hätte ich einen Popstar getroffen und nicht den Oberfascho unserer Stadt!

»Schrecklich!«, stöhne ich. »Ich dachte, der merkt bei jedem Piep von mir, dass ich ne Zecke bin.«

Die anderen lachen.

»Sein Kumpel hat mich sogar angebaggert!«, berichte ich weiter und erzähle detailreich die Story seines Blondi-Tattoos am Bein.

»Stell dir vor, Ronny hätte dir Hitlers Fresse als Arschgeweih tätowiert!«, gluckst Leo.

»Oder nen Reichsadler mit SS-Rune!«, feixt Rosa. »Was ist?«, fragt sie, als sie meinen verschlagenen Gesichtsausdruck bemerkt.

»Wollt ihr mal was sehen?« Ich tue ein bisschen geheimnisvoll. »Ronny hatte nämlich echt schon angefangen, mich zu tätowieren, bevor die vom Gesundheitsamt endlich auftauchten.«

»Quatsch!«

»Das gibt's nicht!« Ich blicke in drei ungläubige Gesichter.

»Glaubt ihr nicht? – Hier!« Ich stehe auf und pule die Bluse aus dem Bund meiner Jeans.

Rosa, Janine und Leo beugen sich wie drei angehende Medizinstudenten über meinen entblößten unteren Rücken.

»Seht ihr den Punkt da?«, frage ich mit verrenktem Kopf.

»Ich seh nix!«, behauptet Rosa und reibt sich die Stirn.

»Doch, der schwarze Punkt da, das muss es sein«, vermutet Leo.

»Nee, das is'n Leberfleck, oder?«

»Quark, da muss ein Punkt sein!«, beharre ich.

»Moment, doch, ich glaub, ich seh's. Hier!« Rosa tippt mit ihrer Fingerspitze auf eine Stelle kurz über meinem Steißbein. Ich grinse erleichtert.

»Brutal! Jetzt bist du für immer gezeichnet vom Anti-Nazi-Kampf!«, bemerkt Janine anerkennend.

Stolz stecke ich die Bluse wieder in den Hosenbund. Bei Rosa im Zimmer ist es kalt wie eh und je.

Rosa geht, um die Überraschung zu holen, und kehrt mit einer Magnumflasche Sekt zurück.

»Wow, wo hast du die denn her?«, ruft Janine begeistert.

»Die haben meine Alten mal geschenkt bekommen und nie getrunken. Glaub, die wissen gar nicht mehr, dass es die überhaupt noch gibt«, zwinkert sie.

Zur feierlichen Öffnung der Flasche werden natürlich Schleim-Keim aufgelegt. Der Sekt kribbelt in der Kehle, und das letzte bisschen Anspannung fällt von mir ab.

Als ich mich gegen Rosas weiche Couch lehne, meine ich, einen kleinen Stich am Rücken zu fühlen. Ich träume vor mich hin, wie die Kunde von meinem Heldenmal die Runde in der Schule macht. Wie unbekannte Schüler aus den unteren Klassen mich ehrfürchtig auf dem Schulhof ansprechen, ob sie mal den Nazi-Punkt sehen dürfen. Ich würde eine Mark pro Person verlangen und kurz in einer Ecke mein T-Shirt lüpfen. Voll Staunen würden sie ihren Klassenkameraden berichten, dass es stimmt, dass die »Lesbe Lexi« das Nazi-Tattoo-

Studio im Alleingang erledigt hat. Bei der Vorstellung muss ich kichern. Der Sekt steigt mir langsam zu Kopf.

»Hm?« Rosa drückt meine Hand und macht ein liebes Gesicht.

»Ich dachte grad, dass ich das ohne euch nie geschafft hätte!«, sage ich und erhebe mein Glas. »Auf uns!«

»Auf die Freundschaft!«, bringt Janine einen Toast aus.

Überschwänglich lassen wir unsere Gläser aneinanderklirren.

»Auf deinen Mut!«, haucht Rosa ganz nah an meinem Ohr und küsst mich auf die Wange.

Der Sekt und Schleim-Keim treiben unseren Blutdruck in die Höhe. Als Rosa mich stürmisch umarmt, und Janine und Leo einfach mitkuscheln, fühle ich mich als die Heldin, die ich bin. Zumindest für diesen einen kurzen Moment.

Kapitel 18

Schon von Weitem sehe ich Rosa, die in einem Hauseingang nahe dem Markt auf mich wartet. Sie tippelt in der Kälte von einem Bein aufs andere und pustet wie verrückt in ihre Hände. Ihre Lederjacke steht weit offen, Hauptsache man kann den Pulli darunter sehen. Kein Wunder, dass sie bibbert wie Espenlaub.

»Wieso trägst du denn keine Handschuhe, Mensch?« Besorgt mustere ich Rosas vor Kälte schon ganz roten Finger, in die sie noch so viel pusten kann, wie sie will, der Frost ist stärker.

»Handschuhe sind das Uncoolste dieser Erde, direkt gefolgt von Regenschirmen!«, bekomme ich zur Antwort.

Wortlos nehme ich ihre Flossen und stecke sie unter mein Flanellhemd, wo die Eisklumpen auf meiner Haut langsam aufzutauen beginnen. Rosa lässt sie noch ein bisschen dort, auch nachdem sie schon warm sind. Das gefällt mir.

»Sollen wir?«

Ich nicke. Wir laufen über den verlassenen Marktplatz. Noch immer bekomme ich Herzklopfen, wenn die Silhouette des Brunnens auftaucht. Aber bei der Kälte hockt niemand draußen rum, der es nicht unbedingt muss, nicht mal die Punks.

Armin, Strauch und Lupo hab ich nur einmal gesehen, seit Rosa vor zwei Monaten mit Armin Schluss gemacht hat. Da zogen sie mit Bier und Getöse die Fußgängerzone runter, als ich mit Mutter gerade aus der Drogerie kam. Ich war fast erleichtert, dass sie mich nicht bemerkten, und hatte gleich ein bisschen schlechtes Gewissen deswegen.

Man sagt, ein Punk ohne Bezugsgruppe sei kein richtiger. Aber wenn ich so an mir runterschaue, weiß ich gar nicht, ob ich überhaupt noch als Punk durchgehe. Ich trage einen dicken roten Wollschal, das Flanellhemd meines Vaters, darüber einen langen Parka und Blue Jeans. Auf meiner kahlen Kopfhälfte hab ich mir einen Pelz stehen lassen. Weil die nachgewachsenen Haare aber viel kürzer waren als der Rest, hab ich kurzerhand alle abgeschnitten und auf gleiche Länge gestutzt. Mit meiner schnieken Kurzhaarfrise werde ich wieder öfter für einen Jungen gehalten. Das wird sich wohl nie ändern.

Das Einzige an mir, was noch entfernt an Punk erinnert, sind die NVA-Stiefel, die mir jetzt im Winter gute Dienste leisten. Ob ich als Punk durchgehe oder nicht, ist mir herzlich egal und Rosa zum Glück auch. Jetzt ist sie eben meine Bezugsgruppe.

Wir steuern direkt auf das Nazi-Tattoo-Studio zu. Also da, wo es mal war. Ein paar Wochen hing ein Schild hinter der Scheibe: »Zu vermieten!« Nach dem Besuch des Gesundheitsamts hat die Polizei das Studio auf einen anonymen Tipp hin durchsucht und neben volksverhetzenden CDs und Flugblättern auch Baseballschläger und eine Schreckschusspistole gefunden. Damit war das Studio Geschichte. Jetzt ist da ein Piercing-Laden, nicht von Nazis betrieben, soweit ich weiß.

Rosa und ich haben unser Taschengeld zusammengekratzt, um uns zu Eröffnungspreisen piercen zu lassen. Sie will ein Lippenpiercing, ich einen Nasenring.

Die Piercerin, eine entspannte Mitdreißigerin mit blonden Dreadlocks, heißt uns freundlich willkommen. »Ich hoffe, eure Eltern sind damit einverstanden?«, grinst sie.

»Klar!« Stolz pule ich die schriftliche Erlaubnis meiner Mutter hervor.

Sie zu bekommen, hat meine ganze Überredungskunst erfordert. Aber schließlich musste auch Mutter einsehen, dass es jetzt zu Hause viel besser läuft. Rolf und ich haben ein stilles Abkommen über unsere friedliche Co-Existenz geschlossen. Dass er mir gegen die Nazis geholfen hat, und das auch noch als Bulle, rechne ich ihm hoch an.

Als ich auf dem schwarzen Lederstuhl Platz nehme und die Piercerin den Ring desinfiziert, der mir gleich durch den rechten Nasenflügel gerammt werden soll, scanne ich unwillkürlich die Wände ab, ob sich irgendwo noch eine Kakerlake versteckt hält. Aber ich kann keine entdecken.

Rosa nimmt meine klamme Hand in ihre, dann wird es ernst. Die Piercerin fragt mich irgendwas über die Schule. Noch bevor ich antworten kann, steckt die Nadel in meiner Nase, und ein beißender Schmerz macht sich breit.

»Aua!«, rufe ich, aber nicht, weil das Piercen so weh tut, sondern weil Rosa meine Hand vor Mitgefühl fast zerquetscht. Ich kann dennoch nicht verhindern, dass mir eine Träne die Wange hinunterläuft, meine Nase ist eben empfindlich!

»Das war's auch schon!« Mit einem Klick schließt die Piercerin den Verschluss des Rings und reicht mir ein Taschentuch, das ich pflichtschuldig an die Nase halte.

»Das ist für die Augen!«, zwinkert sie.

Danach ist Rosa an der Reihe, die sich viel mehr anstellt als ich.

Frisch gepierct verlassen wir voller Tatendrang das Studio. Händchenhaltend schlendern wir durch die Fußgängerzone, als plötzlich Armin vor uns steht. Er sieht mindestens so überrascht aus wie Rosa und ich. In der Hand hält er eine angebrochene Flasche Pfeffi.

»Hi, lange nicht geseh'n!« Armin findet als Erster seine Stimme wieder. Er hat sich einen Bart stehen lassen oder sich einfach lange nicht rasiert. Seine Augen sehen rot und müde aus.

»Was machst'n so?«, fragt Rosa und lässt meine Hand los.

»Ich geh zu Strauch, der feiert seinen bestandenen Lappen.« Armin hebt entschuldigend den Pfeffi. Er tut mir richtig leid in dem Moment.

»Grüß ihn mal schön.« Rosa kratzt sich an ihrem Piercing. Danach ist wieder Schweigen angesagt.

»Coole Aktion übrigens mit dem Tattoo-Studio!«, wendet Armin sich jetzt an mich und nickt anerkennend.

»Danke!« Ich scharre mit den Füßen. »Ähm, ich geh schon mal vor in die Drogerie. Kannst ja nachkommen«, sage ich zu Rosa und bemühe mich, das Zittern in meiner Stimme zu verbergen.

Ein mulmiges Gefühl hab ich schon, sie bei Armin zurückzulassen. Was, wenn sie doch noch was an ihm findet? Aber im nächsten Augenblick fällt mir ein, wie Rosa ihre Eishände unter mein Hemd gesteckt hat, wie süß sie eben beim Piercen meine Hand gehalten hat und wie süß sie überhaupt zu mir ist. Wahrscheinlich sind meine Zweifel unbegründet. Außerdem ist es ein guter Test: Heißt es nicht, was man liebt, das soll man gehen lassen, und wenn es zu einem zurückkommt, liebt es einen wirklich, oder so ähnlich?

Ich warte nun zwischen Haarfärbemittel und stinkenden Parfümproben darauf, dass Rosa zu mir zurückkommt. Es dauert eine gefühlte Ewigkeit, bis ich das erlösende Stampfen ihrer Stiefel im Gang vernehme. Obwohl sie mir auf der Zunge brennt, verkneife ich mir die Frage, was sie mit Armin gesprochen hat. Ich will nicht wie die eifersüchtige Freundin dastehen, die Angst vor dem Ex hat.

Doch Rosa fängt ganz von allein an zu erzählen. Sie sieht richtig angepisst aus. »Armin wollte wissen, ob ich seinetwegen lesbisch geworden bin. Kannst du dir das reinzieh'n?« Ihr Lippenring wogt zornig auf und ab.

»Schade!«, sage ich und meine es auch so.

An der Art, wie Rosa mit den Schultern zuckt, merke ich, dass das Thema wirklich für sie durch ist. Kurz darauf glättet sich ihre Miene. »Siehst übrigens echt scharf aus mit dem Ring!«

»Findest du?« Ich küsse sie überschwänglich auf den Mund.

»Aua!«, schreit Rosa. Ihr Piercing hatte ich für einen Moment ganz vergessen.

Eine Verkäuferin, die in unserem Gang Deos einräumt, schüttelt missbilligend die blonde Dauerwelle.

Wir lachen ihr ins Gesicht.

Mit Desinfektionsmittel für unsere Piercings und Gummitieren als Lohn für unseren Mut besteigen wir den Bus, um zu Rosa zu fahren.

Als ich schon am Fahrer vorbei bin und wie alle anderen Passagiere auch meinen Busausweis in sein mürrisches Gesicht gehalten hab, ruft er mir was hinterher.

»Junger Mann?«

Ich drehe mich um. »Was gibt's?«

»Hab ich deinen Fahrausweis schon geseh'n?«

»Denk schon«, sage ich.

Der Fahrer stutzt kurz, dann erhellt sich seine mufflige Miene.

»Dann ist ja gut.«

Unter den neugierigen Blicken des ganzen Busses gehe ich nach hinten durch, wo Rosa die letzte Reihe besetzt hält. Mit süßem Gesichtsausdruck klopft sie auf ihre Schenkel. Grinsend lasse ich mich auf ihrem Schoß nieder und küsse sie zart auf die Lippen.

Die weichsten Lippen der Welt.

Danksagung

Danke an Astrid Ohletz, Daniela Hüge und Sam Achilles vom Ylva Verlag für den Zuspruch, das professionelle Lektorat und die tolle Zusammenarbeit.

Danke an Agnes Gerstenberg für das Erstlektorat, die kritischen Nachfragen und das Gespür für Abfolgen und Spannung.

Danke an Isabelle für soziales Media-Know-how, Ermutigung und Arschtritte, wo nötig.

Danke an Renate, Toni und Isabelle fürs Erstlesen und meinungsfreudiges Kommentieren.

Danke an Mim und Eve für nie enden wollende lustige Storys und Inspiration.

Danke an Toni fürs Finden und Nicht-Reklamieren.

Über Katrin Frank

Katrin Frank wurde 1981 in Suhl geboren und wuchs auf dem Dorf unter Kühen und einsilbigen Thüringer_innen auf. Ihr Studium der Literatur, Politik und Geschichte verschlug sie ins hessische Marburg, wo sie nach zehn Jahren und zwei minder erfolgreichen Punkbands beschloss, dass es Zeit ist, noch was zu erleben. 2010 zog sie deshalb nach Berlin und schlug sich als Postpunk-DJ die Kreuzberger Nächte um die Ohren, bis sie das Schreiben wiederentdeckte. Im Herbst 2016 erschien ihr Debütroman *Dienstag: Homobar*.

Katrin Frank lebt als freie Lektorin und Autorin in Neukölln und holt sich Inspiration auf Fahrten mit der BVG und Spaziergängen am Landwehrkanal.

KONTAKT:

Webseite: www.katrinfrank.net

Ebenfalls im Ylva Verlag erschienen

Küsse in Amsterdam

Hazel Yeats

ISBN: 978-3-95533-938-8
Umfang: 198 Seiten (55.000 Wörter)

Als Cara auf einen Weihnachtsmann trifft, wird ihr schnell klar, dass unter dem Kostüm eine attraktive Frau steckt, die, wie sich später herausstellt, eine erfolgreiche Kinderbuchautorin ist. Das zweite Treffen zwischen den beiden endet in einem heißen Kuss. Bis Cara Panik bekommt und Judes Herz bricht.

Ist das das Ende der Beziehung oder wird es für die beiden noch mehr Küsse in Amsterdam geben?

Punk Like Me

JD Glass

ISBN: 978-3-95533-694-3
Umfang: 295 Seiten (106.000 Wörter)

Nina ist der Stolz ihrer Eltern, ehrgeizige Schülerin einer Klosterschule – und ein waschechter Punk. Als wäre das nicht kompliziert genug, ist sie gleich in zwei Mädchen verliebt: in Kerry und Samantha. Aber nur mit einer kann sie zusammen kommen.

Dann passiert etwas, das ihre Zukunft infrage stellt. Nina muss sich entscheiden – zwischen der Unterstützung ihrer Familie und ihrer Liebe zu Frauen.

Bibliografische Information der Deutschen Bibliothek
Die Deutsche Bibliothek verzeichnet diese Publikation in der Deutschen Nationalbibliografie; detaillierte bibliografische Daten sind im Internet über www.dnb.de abrufbar.

1. Auflage
Taschenbuchausgabe Juli 2018 bei Ylva Verlag, e.Kfr.

ISBN: 978-3-96324-038-6

Dieser Titel ist auch als E-Book erschienen.

Lektorat: Astrid Ohletz und Sandra Golz
Coverdesign: S. Achilles

Kontakt:
Ylva Verlag, e.Kfr.
Inhaberin: Astrid Ohletz
Am Kirschgarten 2
65830 Kriftel
Tel: 06192/9615540
Fax: 06192/8076010
www.ylva-verlag.de
info@ylva-verlag.de
Amtsgericht Frankfurt am Main HRA 46713

Druck und Bindearbeiten
booksfactory
PRINT GROUP Sp. z o.o.
ul. Ks. Witolda 7-9
71-063 Szczecin
Poland
tel./fax 91 812-43-49
NIP/USt-IdNr.: PL8522520116